ARCHIVO

Jorge Enrique Lage (La Habana, 1979). Graduado de Bioquímica, carrera que nunca ejerció. Ha publicado los libros de ficciones *El color de la sangre diluida* (2008) y *Vultureffect* (2011), y es el autor de las novelas *Carbono 14. Una novela de culto* (2010), *La autopista: the movie* (2014) y *Everglades* (2020).

Jorge Enrique Lage

ARCHIVO

De la primera edición, 2015

© Jorge Enrique Lage

De la presente edición, 2020

© Jorge Enrique Lage
© Editorial Hypermedia

Editorial Hypermedia
www.editorialhypermedia.com
www.hypermediamagazine.com
hypermedia@editorialhypermedia.com

Edición y corrección: Editorial Hypermedia
Diseño de colección y portada: Herman Vega Vogeler

ISBN: 978-1-948517-52-2

Ese pasado de los fantasmas que investigan los espías. Pero ahora somos nosotros, los fantasmas, los que investigamos a los espías.
Lorenzo García Vega

1. A principios del año 2009 recogí de la basura un ejemplar del periódico *Juventud Rebelde* y recorté media página: las REFLEXIONES DEL COMPAÑERO FIDEL.

Eran los tiempos en que Fidel Castro colaboraba regularmente con la prensa (el sucedáneo de prensa nacional). Eran los tiempos en que yo siempre estaba recogiendo y recortando, recogiendo y recortando.

Guardando. Todo tipo de cosas.

Nunca supe bien por qué o para qué lo hacía. Siempre confié en averiguarlo durante el proceso. Había algo desesperado ahí. Pero no era tanto la desesperación de vivir anclado en La Habana como de vivir en el interior de una memoria portátil.

☙

2. Dos cosas para empezar, me dijo. Un par de precisiones.

Uno, puedes llamarme Agente, así de sencillo y claro y directo. Se sobreentiende que Agente es: Agente de la Seguridad del Estado. Nada de claves ni de nombrecitos falsos.

Dos, me dijo, la escritura es *low profile*. Autoficción. Autismo. Interesa más el arte contemporáneo cubano, a lo Tania Bruguera. Cuando le preguntaron: ¿es posible hacer arte contemporáneo en Cuba?, Tania Bruguera respondió: es una de las pocas cosas que se pueden hacer.

Tenía razón, dijo el Agente.

❧

3. «Conspirar era un arte para Martí. Esa labor la hizo con la misma pasión y amor que puso en su obra literaria». (*MinInt hoy*, boletín interno del Ministerio del Interior, enero-marzo 2009).

❧

4. Ahora imagina un performance, dijo el Agente. Se le pide al público que se exprese con total libertad, por escrito, durante un minuto. El tiempo limitado se traduce en espacio limitado sobre el papel, pero dentro de esos límites los participantes pueden escribir realmente lo que les da la gana. Luego, el pedacito que han escrito, sea lo que sea, se publica en un periódico de alcance nacional, por ejemplo el *Juventud Rebelde*, y se distribuye por todo el país. Según el número de participantes, tantas versiones del periódico: ejemplares que difieren únicamente en el texto extraño. Eso es arte. O pudiera serlo. Ahora bien, con tantos ejemplares dispersos, esas variaciones son imposibles de cotejar, algunos leyeron una cosa y otros leyeron otra, nadie sabe con exactitud qué era lo que había o no había que leer, los periódicos se desvanecen en los quioscos,

van a parar a la basura, algunos servirán para envolver comida y otros para limpiar espejos, al día siguiente aparecen los nuevos periódicos, puntuales, uniformes, sin rarezas conceptuales en un solo milímetro de sus páginas.

No sé si entiendes lo que quiero decir, dijo el Agente.

❧

5. «Así era el arte de conspirar del más grande de los cubanos. Para alcanzar la independencia y enfrentar a los enemigos de Cuba, Martí advirtió a sus compatriotas tener presentes las siguientes palabras, que aparecen con frecuencia en sus escritos y discursos: silencio, vigilancia, discreción, desconfianza, reserva, desinformar, fingir, cuidado, sigilo, cautela, invisible, sombra, persecución, redes, acecho, clave, secreto y tinieblas». (*MinInt hoy*, boletín interno del Ministerio del Interior, enero-marzo 2009).

❧

6. Para empezar, queremos que conozcas a otros agentes, dijo el Agente. Y me entregó una carpeta que decía: QUEMAR.

Queremos que escuches algunas cosas que te sonarán a ficción, y a veces a ciencia-ficción. Como te gusta a ti, dijo el Agente.

No preguntes por qué, dijo. No hay un por qué, no hay un para qué. Lo que hay es un *a cambio*.

(Sea lo que sea, me dije a mí mismo, *no lo vayas a hacer*.).

(Haz *otra cosa*.).

7. Sí, yo soy de la Seguridad, me dijo el Meteorólogo. Te puedo hablar, por ejemplo, de la operación Llamadas Telefónicas. Hace muchos años. Números que se marcaban al azar. Por la mañana, bien temprano. La gente salía al teléfono medio dormida. Decíamos: «Buenos días, para dar el parte». La mayoría reaccionaba: «No, está equivocado», y colgaban sin más. Algunos preguntaban: «¿A qué teléfono usted llama?», y cuando escuchaban sus números, dígito por dígito, replicaban: «Sí, el número está bien, pero debe haber un error..»., etcétera. Algunos hacían la pregunta clave: «¿El parte de qué?». El parte del tiempo. Entonces colgaban, invariablemente, después de soltar insultos, malas palabras. Y aunque era al azar, había números que se repetían, en una lista aleatoria emergen patrones precisos. Nosotros sabemos de eso. Día tras día despertando con la llamada, hasta la rendición final. Siempre encontrábamos a alguien (sí, ese *alguien*) que levantaba el teléfono y decía con la voz exhausta: «El parte del tiempo... sí, ya sé... dígame». Y entonces, luego de un breve silencio por nuestro lado, lo que decíamos a continuación era: «No. *Dígame usted*».

❧

8. El Cobre, a pocos kilómetros de Santiago de Cuba: todo el pueblo cubano concentrado en un pequeño pueblo donde todos viven en las proximidades del Cielo o del Infierno. Loma arriba: el Santuario. Me quedé un rato contemplando el altar de La Virgen de La Caridad de El Cobre. Había toda clase de ofrendas:
✓ medallas deportivas
✓ diplomas académicos

✓ mechones de pelo
✓ ropa & zapaticos de bebé
✓ fotografías & afiches (con autógrafos).
✓ canciones & poemas (con dedicatorias).
✓ flores, flores, flores, flores
✓ dibujos
✓ velas
✓ collares
✓ semillas
✓ piedras
✓ abanicos
✓ artesanías
✓ instrumentos fósiles
✓ vírgenes más pequeñas, santos
✓ dinero (dólares, pesos cubanos).
✓ etc.

La gente llevaba a la Virgen sus agradecimientos por escrito.

El altar estaba lleno de faltas de ortografía.

Por escrito, la gente también dejaba allí sus peticiones:

✓ medallas deportivas
✓ diplomas académicos
✓ prosperidad para la familia
✓ libertad para los presos políticos
✓ ganar más dinero
✓ encontrar un tesoro
✓ encontrar al asesino
✓ el amor de mi vida
✓ graduarme
✓ irme del país
✓ perder la maldita virginidad
✓ terminar de leerme *Paradiso*
✓ superpoderes

✓ curarme
✓ que se cure otro(a)
✓ parir un bebé saludable
✓ parir un bebé mesiánico
✓ etc.

❦

9. El Cobre. La Iglesia. Miré a la Virgen, a la Patrona de Cuba, durante largo rato. De pronto Ella me dijo: Búscame.

¡¿Qué?!, dije en voz alta. Los que rezaban en silencio me miraron sobrecogidos.

Ella siguió, sin mover los labios:

Voy a reencarnar, como el Buda. Búscame. No voy a saber quién soy. Dímelo tú.

❦

10. Ah, sí, el *otro* parte del tiempo, el de la televisión... dijo el Meteorólogo. ¿Te has fijado cómo últimamente están saliendo muchachas nuevas en los distintos noticieros? Jóvenes, frescas, recién graduadas... Pollos mojados. Así les llama un compañero nuestro que trabaja en México, en el cártel del Golfo. Pollos mojados. Pollos mojados delante de un mapita caribeño. A mí me gusta verlas con el volumen del televisor en *mute*. Así puedo imaginarme que están tratando de decir algo, y no pueden. Y me concentro en sus miradas. Tal vez sean los nervios de primerizas frente a la cámara, pero a veces yo noto el miedo en sus ojos. Percibo ese miedo que ni ellas entienden cuando sus manos se deslizan con mucha suavidad sobre los contornos de la Isla.

11. Grabación. Dos tipos conversaban en una guagua, uno de ellos hizo este pronóstico:

Con toda esta lluvia las calles se van a poner cada vez peor. Poco a poco la guagua se irá hundiendo en el fango. Y todos nosotros con ella. Entonces gritaremos para que vengan y nos desentierren, si es que un día nos escuchan. Así está el tiempo, todo el tiempo: capas de fango, más capas de fango, la arqueología, los ecos...

(El eco de un spot de campaña: PARIS HILTON FOR PRESIDENT).

❧

12. Pues yo a quien quiero de Presidente es a Cristiano Ronaldo, dijo Baby Zombi. Si todos los cubanos nos uniéramos para ahorrar, privarnos de lujos innecesarios, pasar un poquito de trabajo y de hambre, compartir los sacrificios que hagan falta y reunir el doble o el triple de lo que pagó el Real Madrid por él, pudiéramos traerlo a La Habana y convertirlo sin elecciones ni demás trámites democráticos en el Presidente Más Sexy del Mundo.

❧

13. El Meteorólogo me llevó a ver el Radar. El Meteorólogo me preguntó: ¿En serio no sabes de qué radar se trata?

No vi el Radar. Vi una sala de control pequeña, oscura, subterránea, abarrotada de gráficos y pantallas.

Hola, mi amor, ¿cómo estás hoy?, dijo el Meteorólogo.

como siempre, honey... esperándote... susurró una voz femenina.

Parece la voz de Paris Hilton, dije.

El Meteorólogo se relamió en su asiento:

Sí, la supercomputadora se puede configurar con la voz que uno quiera. Y se puede programar para que diga frasecitas espontáneas sacadas de un archivo pop.

aquellos que solo han leído sobre mí, no captan lo que soy... dijo la voz de Paris Hilton.

Sonaba como un radar.

El Meteorólogo sacó una lista.

Mami, ¿pudieras buscarme, en los individuos cuya localización aproximada te voy a dar, los pensamientos relacionados con las siguientes frases y palabras claves?

El Meteorólogo sacó otra lista.

soy toda tuya... dijo la voz.

❧

14. No me entiendas mal, dijo Baby Zombi. Como Fidel no habrá otro. Fidel es nuestro Padrenuestro. Yo a Fidel lo amo con locura. Yo me llamo Baby Zombi por dos cosas: porque estoy muerto y desenterrado, y por Baby Lores. ¿Te acuerdas de Baby Lores, el reguetonero? Yo siempre digo que Baby Lores fue el primero que nos enseñó a pensar. Él se tatuó a Fidel en el hombro izquierdo. Eso es Alta Fidelidad. *Hi-Fi*. Un ejemplo para mí.

Baby Zombi se quitó la camiseta, enseñando un tatuaje que no cabía en el hombro: el rostro inmenso de Fidel sobre los sólidos pectorales.

En el gimnasio todos los hombres me miran con admiración, con deseo, con envidia, declaró Baby Zombi.

15. Materiales. *Esquire Magazine.*
Cover:

Our president is crazy/ Dad goes to Guantanamo/ Four specially bad days on the Mexican border

En el centro:

Bar Refaeli, modelo israelí. Bar Refaeli desnuda. La piel de Bar Refaeli escrita, pintada con texto: por el cuerpo le corren las primeras frases de un relato.

Stephen King's story of recession begins on Bar Refaeli and continues on page...

El Agente arrancó la cubierta de la revista, la estrujó y se la metió en la boca.

Masticó.

Tragó.

Arrancó la primera página. Le quedaban más de cien.

No puedes parar, dijo. Empiezas con volantes clandestinos, boletines impresos, fanzines, publicaciones alternativas, revisticas independientes. Después quieres más. Cuando te vienes a dar cuenta ya es demasiado tarde. Ya olvidaste tu dieta original. Ya cruzaste al Lado Más Oscuro.

❧

16. El apartamento de Baby Zombi era un inmenso santuario donde el objeto de veneración no era Baby Lores ni Cristiano Ronaldo, sino Fidel Castro.

Fotografías. Pinturas. Posters. Collages. Caricaturas. Calcomanías.

La figura del Comandante en alfombras, cojines, ceniceros, abanicos, tazas, platos, posavasos, pisapapeles...

Muebles y estantes repletos de muñecos y *action figures*: en uniforme verde olivo y en chándal Adidas y con diversas caracterizaciones: indio, cowboy, pirata, payaso, karateca, hechicero, astronauta, superman, santa claus, gnomo...

Una estatua de cera a la que se le podía quitar y poner la barba y la ropa (la ropa que uno quisiera): REVOLUCIÓN ES CAMBIAR TODO LO QUE DEBE SER CAMBIADO.

Una videoinstalación con imágenes de archivo y remix de infinitos discursos.

Un holograma profundo con todos los tejidos, los huesos, los órganos, los sistemas de órganos: FIDEL ERA UN PAÍS.

Aquella Virgen de El Cobre se quedó muy, muy atrás.

❧

17. El objetivo es tener máximo control sobre la Naturaleza, resumió el Meteorólogo. Obviamente, a la Naturaleza no podemos controlarla todo lo que quisiéramos. La Naturaleza es terrorista. La Naturaleza pone bombas de tiempo.

Mi especialidad, confesó con orgullo el Meteorólogo. Yo soy especialista en bombas de tiempo. Yo sé:

activarlas, desactivarlas,

encontrarlas, esconderlas, cambiarlas de lugar,

manipularlas para que exploten antes o después del momento esperado,

manipularlas para que exploten con una intensidad mayor o menor que la prevista,

manipularlas para que el sonido de la explosión sea un sonido manipulado,

etcétera.

Por supuesto que llevar a cabo todo esto requiere la realización de pronósticos muy complejos, pronósticos para los próximos meses e incluso para los próximos años. Pelear a muerte contra un millón de ecuaciones y variables y patrones que se escurren entre tus dedos como cablecitos de distintos colores.

Y eso es todo, dijo el Meteorólogo. No sé qué más te puedo decir. ¿Alguna vez has estado cerca de una bomba de tiempo? ¿La has *visto*? ¿La has *escuchado*?

❧

18. Baby Zombi compartía el apartamento-santuario con un mulatico vivo, delgado y suave.
Nombre: Yoan
Edad: 17-18
Anochecía. Por la ventana, una vista del Malecón. El sol se metía en el mar. Yoan se preparaba para el trabajo.

Yoan salió del cuarto con un vestido amarillo muy corto, tacones y maquillaje.

Llévalo contigo, le dijo Baby Zombi, señalándome. Dile lo que tú y yo sabemos. Díselo todo, que él lo va a poner en un libro o algo así.

(Algo así.).

❧

19. Si las notas se resisten a organizarse en forma de libro, pensé, entonces lo mejor es escribir únicamente las notas, el supuesto plan del supuesto libro, el borrador que borra cualquier posibilidad de escribirlo.

❧

20. Villa Marista. Instalaciones centrales de la Seguridad del Estado.

En una puerta decía: AAA.

Agentes Anónimos Adictos/ Agentes Adictos Anónimos. Dentro:

Un aula con sillas dispuestas circularmente. Pizarra. Proyector.

La terapia de grupo era también un curso de postgrado. Se impartían conferencias. El Agente me explicó que el objetivo del curso-terapia no era superar la adicción sino controlarla, *dirigirla*. En el grupo todos eran altamente voraces. Todos estaban enganchados a varios tipos de materiales basados en papel: revistas, folletos, documentos, expedientes, archivos... Algunos ya no necesitaban comida para alimentarse.

Agua sí, dijo el Agente. El agua te ayuda a tragar.

෯෯

21. Caminamos la noche del Malecón. La zona donde trabajaba Yoan.

¿Qué le dirías a lxs adolescentes cubanxs que están empezando a prostituirse?

Yoan: Que vayan preparando un buen Plan B.

¿Cuál es el secreto para reciclarse en el travestismo?

Yoan: No lo hay.

෯෯

22. Imágenes. En la Calle G, la antigua Avenida de los Presidentes, los últimos frikis, los últimos mikis, los últimos repas, los últimos emos pálidos mirándose las caras bajo la mirada atenta de los policías, las patrullas, los perros, la luna del tedio y el sopor urbano.

23. ¿El futuro? Te diré lo que pienso del futuro, dijo Yoan. Yo no compraría un boleto con un mes de antelación, porque no sé si para entonces voy a tener el cuerpo cosido a puñaladas, porque no sé si uno de estos días me van a vender las hormonas infladas con plutonio. Sé demasiadas cosas, pero hay algo que nunca voy a saber, y ese es precisamente el precio de saber demasiadas cosas. El mes que viene Baby Zombi va a estar vivo, es decir, va a seguir tan muerto como ahora, pero yo, ¿cómo puedo saberlo?

❧

24. ¿Lo que yo sé? Yo sé reconocer un blanco fácil, dijo Baby Zombi. Lo aprendí en los gimnasios de esta pseudovida, donde todos aparentan estar concentrados en sus propios ejercicios pero en realidad están vigilando atentamente los ejercicios de los otros. Es algo que está en los músculos: cuánto y a qué velocidad se contraen, cuánto y a qué velocidad se relajan. Muchas veces la resistencia, la economía energética se revela a flor de piel. En la superficie. En la cubierta. Te lo dice un ex-modelo.

❧

25. Imágenes. En el Parque Central, junto a la estatua de José Martí en cuya cabeza orinara una vez un marine borracho, fanáticos del béisbol discutiendo día tras día, sin medida y sin clemencia, como si en cada estadística se cifrara una revelación, como si cada jugada escondiera un asunto de vida o muerte.

26. Si los apuntes se vuelven demasiado literarios, pensé, mejor detenerse y recordar qué significa escribir. Escribir tiene que ver con la Seguridad del Estado. Con ninguna otra cosa. Lo que importa no es la pregunta por la Literatura, lo que importa es la pregunta por el Enemigo.

🙠

27. De niño yo quería ser pelotero, dijo Yoan. Practiqué pelota en la escuela y llegué al team Cuba en categorías infantiles. Era catcher, y lo que más me gustaba, cuando estaba agachado en el home, era alzar la cabeza y mirar el cielo y pensar que nadie me reconocería con esa máscara puesta. Yo misma me miraba desde el cielo (que es un cielo distinto una vez que estás en el team Cuba) y no me reconocía. Me di cuenta de que lo que yo quería era ser una mujer. Al igual que todos los niños cubanos, aunque la mayoría después se olvida de ese deseo. Pero yo sí voy a serlo. Voy a tener la mejor operación de cambio de sexo que se pueda tener en este país. Gratis, por supuesto. Con células madre y microcirugía. La Seguridad me lo ha prometido. Voy a quedar Perfecta. Voy a ser Real. Ahora dime por qué tengo tanto miedo.

🙠

28. Pasillos de Villa Marista. El Agente con una revista yanqui bajo el brazo: *Entertainment Weekly*. Licencia para devorar.

Tú hiciste aquí el Servicio Militar Obligatorio, me dijo. De octubre-1997 a julio-1998. Desde entonces, siempre has tenido miedo de volver sobre tus pasos.

Y se comió la revista de un solo bocado. Abrió tanto la boca que se le deformó la cabeza en una mueca descomunal. Ruido de huesos y cartílagos que se rompían y después se ensamblaban de nuevo.

No es nada fácil, dijo el Agente lamiéndose los labios.

En la cubierta devorada: el rapero Eminem.

HE VANISHED.

HE NEARLY DIED.

INSIDE THE COMEBACK.

𖤓

29. Aunque la tarifa de Yoan era de las más altas de la zona, nunca le faltaban clientes.

Lo importante sobre los clientes, sin embargo, no era *cuántos* sino *cuáles*.

A algunos les gustaba penetrarla, pero lo normal era que prefirieran ser penetrados por ella. Con los dedos y con la pinga-émbolo, Yoan maniobraba para empujarles el micrófono hasta el intestino grueso. Antes o después del sexo, ella se ocupaba de colocar los micrófonos en la casa o en la habitación del hotel. Si era necesario, ponía micrófonos hasta en el carro que la recogía en el Malecón y la llevaba a la casa o al hotel. Iba soltando los micrófonos como si fueran feromonas.

Delante de mi vista, se montó en uno de esos carros.

𖤓

30. «Si hubiera tenido que ir al Infierno para volver a las Grandes Ligas, lo habría hecho sin miedo. Yo no hago esto por dinero, sino por la pasión que sigue viva dentro de mí». (El Duque Hernández, pitcher).

31. Para que te hagas una idea, dijo el Agente, en AAA somos muchos y siempre distintos y no nos conocemos entre nosotros, pero no podemos evitar conocerte *a ti*, que eres uno solo y, aunque no lo creas, sigues siendo el mismo, sigues siendo el chama que pasó el Servicio Militar haciendo guardia en las postas de Villa Marista.

&.

32. La calle era exponerse a un peligro: el virus. La inmunodeficiencia cerebral humana. El sida del cerebro.

No se transmite cuerpo a cuerpo, dijo Yoan. Está en el aire, en forma de ondas. Esas ondas penetran en las mentes y ahí mismo empiezan a mutar las neuronas, neuronas que forman redes… No te mueres, pero tu vida se vuelve una gigantesca alucinación, un pozo de delirio. En suma: te conviertes en una caricatura tercermundista. La edad parece ser un factor: ninguna de las infectadas tiene más de veinte años. No se sabe por qué somos nosotras el grupo de mayor riesgo. No se sabe mucho de este virus. En lo que a mí respecta, la Seguridad lo puso en la calle para poder investigarlo. Tal vez no somos el grupo de mayor riesgo: somos las travestirratas del laboratorio. Y no podemos escapar.

Por supuesto, en el Ministerio de Salud Pública se partirían de la risa con todo esto que te estoy diciendo, dijo Yoan. Pero escúchalos reír, escucha bien, y luego me dirás a qué te suena esa risa.

&.

33. Por aquellos tiempos vino a Cuba el Papa Juan Pablo II, dijo el Agente.

(En mi recuerdo la visita del Papa estaba asociada al armamento. En las guardias nocturnas se usaban ametralladoras AKM. Cuando vino el Papa, las ametralladoras AKM fueron reemplazadas por pistolas Makarov.).

(Se contaban historias de reclutas que habían usado tanto pistolas como ametralladoras para pegarse un tiro en las postas.).

(Accidentes/ Suicidios.).

Cuando se fue el Papa, trajimos a la Virgen de la Caridad del Cobre para interrogarla, dijo el Agente. La Virgen pasó una temporada con nosotros. Tú no te enteraste.

Tú no te enteraste de nada. Estabas demasiado ocupado leyendo. Leías poemas que hoy no podrías bajar por la garganta ni con un litro de agua. Una vez encontramos en tu mochila un libro de Gastón Baquero. Habías subrayado un verso que decía: «Yo no sé escribir y soy un inocente».

Pero *subrayabas*, dijo el Agente.

❧

34. Mira, fíjate en aquella.
Yoan señaló hacia una esquina donde posaba un muchacho vestido de muchacha vestida con un disfraz multicolor.

Dice llamarse Lily Allen, y de verdad se cree que es Lily Allen, aunque probablemente nunca en su vida haya oído hablar de la verdadera Lily Allen. Así es cómo funciona.

Nacida en MySpace y criada en Twitter y Facebook, Lily Allen era una estrella que brillaba con luz propia en medio de las ruinas de Centro Habana. Toda su vida había estado bajo la lupa de la Seguridad del Estado.

Decía:

«Soy pequeña, pero sé caminar como un elefante con tacones por esta cacharrería de ciudad».

Decía:

«Puedes llegar lejos con una sonrisa. Puedes llegar mucho más lejos con una sonrisa y unas pezuñas bien afiladas».

Decía:

«No es una vida agradable: una chica joven y sola acechada por viejos maricones desesperados por templársela y casarse con ella y darle dinero y más dinero. Pero así es como funciona la fama hoy en día».

Acostumbraba a llevar clientes a un cuarto alquilado y deslumbrarlos con el espectáculo de un montón de lencería de encajes esparcida sobre la cama y por todo el suelo.

Una vez intuyó el peligro. Se hizo en cada brazo un tatuaje que decía: CÁLLATE.

«Así, cuando esté hablando demasiado, al mover los brazos podré ver los tatuajes y seguir el consejo».

A ratos le venía la inspiración. Si estaba con un cliente, paraba en seco y se ponía a cantar ahí mismo en inglés. Nunca entendía lo que estaba cantando.

(Una líneas traducidas: *Estoy en la fosa húmeda que hay en medio de esta cama./ Estoy harta de no poder salir de aquí./ He estado mamándotela durante siglos.*).

A ratos se sentía triste y deprimida. Entonces se llamaba a sí misma «gorda, fea y más mierda que Winehouse».

❦

35. Y aquella mulata que ves allá, señaló Yoan, la de los pelos parados y la mirada catatónica dibujada con *eyeliner*, es Amy Winehouse.

Lily y Amy tienen un arreglo territorial. A esa cuadra llena de charcos albañales y grietas abiertas por el salitre le llaman el Reino Unido. Ninguna de las dos advierte el colapso de la otra.

La Winehouse: escuálidos brazos salpicados de pinchazos y tatuajes.

Uno de esos tatuajes era un homenaje a su abuela, a quien el triunfo de la Revolución sorprendió siendo novia de un saxofonista que tocaba para la CIA.

Amy:

«Yo he sido marcada genéticamente por el jazz. Y el jazz es algo que te enseña a atar cabos. Leí sobre eso en una novela policiaca. Ellroy, creo que se llamaba el autor. James Ellroy».

Y:

«Cada vez que me quedo dormida sueño con cuerpos de mujeres desnudas, mujeres decapitadas».

Y:

«La OMS, la ONU y la Federación de Mujeres Cubanas me censuran por banalizar con glamour el consumo de drogas, pero qué puedo hacer: soy obsesivo-compulsiva».

Y:

«La marihuana me convirtió en adicta, hizo que quisiera más y más pingas».

Para ella, los policías que la acosaban eran un personal de apoyo contratado por la discográfica con el objetivo de evitar que siguiera destruyéndose.

Si no podía drogarse, bebía:

«No soy alcohólica. Si bebo es por la depresión y el tedio de estar aquí, lejos de mi marido, pero el Ministerio de Salud Pública no lo entiende así. Solo ven la superficie».

Y:

«Soy un poco anoréxica, un poco bulímica, no estoy totalmente bien, pero no creo que ninguna mujer cubana lo esté».

El amanecer sorprendía a Amy mirando el mar, extrañando a su marido que allá en Miami se había olvidado de ella al 100% pero no importaba porque ella seguía y seguiría aquí, de pie, orinando contra el muro del Malecón.

ॐ

36. Había en Villa Marista un conjunto de celdas destinadas a «ciertos delincuentes sexuales». También llamados «casos específicos».

Uno de esos casos me dijo:

Yo no sé qué hago aquí. Yo nunca violé ni abusé de ninguna niña. Siempre me contuve. Era cuidadoso. Ni siquiera las tocaba de un modo anormal. Incluso evitaba mirarlas demasiado para no despertar sospechas. Es más: nunca confesé, nunca le dije a nadie que soy pedófilo. Yo sé que ahora ellos lo saben, ¿pero dónde están las pruebas? ¿Y cuál es el delito?

ॐ

37. Descendimos varios niveles bajo tierra. Debajo de la Villa Marista habitual había una Villa Marista hipertecnológica, desconocida para mí. El Agente me informó que estábamos en la Nave Madre, la Central de una serie de Estaciones distribuidas por el subsuelo del país.

Más o menos como las estaciones de la isla de *Lost*, pero todas subterráneas y para hacer cosas serias, dijo.

Ya sé. Estuve en la del Radar.

¿El Radar? No sé de qué estás hablando.

❦

38. Ellas eran la razón por la que yo votaba en las elecciones. Las niñas, dijo el pedófilo. Mi voto nunca tuvo la menor importancia, pero cómo decirles que no a ellas, que siempre estaban ahí, lindas, inocentes, deliciosas en sus uniformes de escuela, custodiando la urna electoral.

❦

39. Pasillos de la Nave Madre. Un recorrido por un laberinto. De pronto me quedé atrás y doblé por donde no era y abrí por accidente una puerta y después otra puerta y me encontré en un cuarto vacío, frente a una pared donde lo único que había era una palanca.

Dos posiciones: arriba y abajo.

En la pared decía bien claro:

↑ PATRIA/ SOCIALISMO

↓ MUERTE

La palanca estaba hacia arriba (↑).

¿Cómo llegaste aquí?, dijo el Agente a mis espaldas. ¿La palabra compartimentación ya no tiene ningún sentido?

Lo siento. Me perdí.

Pero él también estaba medio perdido:

Así que esta es la palanca de la que hablan... de la que hablan algunas fuentes. Yo nunca la había visto, sabía de su existencia por rumores filtrados hace mucho, mucho tiempo...

El Agente parecía nervioso:

Tampoco es que sea la gran cosa, ¿no? Hay mecanismos como este en varias instalaciones gubernamentales del mundo...

¿Qué pasa si la movemos hacia abajo (↓)?

El Agente no había quitado ni un momento la vista de la palanca.

Esa es una buena pregunta, me respondió. *Muy* buena.

᯽

40. Los domingos de elecciones me levantaba temprano, dijo el pedófilo. Llegaba al colegio como un vecino más, y lo primero que hacía era mirar la urna: una niña, con suerte dos niñas paraditas a cada lado. Escondía mi nerviosismo. Me entregaban la boleta y yo no prestaba atención a los candidatos ni me fijaba en el nivel (municipal, provincial, nacional) de la supuesta elección. La boleta no era más que un trámite. El acto crucial era dirigirme hacia la urna para echar la boleta con mi voto en blanco. Las niñas mirándome. Yo mirando a las niñas: embrujado por ellas y ostentando al mismo tiempo una especie de poder adulto y ciudadano sobre ellas. Es muy complejo, dijo el pedófilo, y es un momento fugaz, como el amor. Cuando mi voto caía en la urna, las niñas me hacían el saludo que les enseñaron en la escuela, ese gesto de llevarse la mano a la frente que es tan parecido al saludo militar pero que en ellas tiene una gracia incomparable, y yo en respuesta tocaba cariñosamente la cabecita de una de ellas (la más pequeña, no siempre la más linda). Un roce medido en milisegundos, con la mano que acababa de echar la boleta en la urna, mirando por el rabillo del ojo la sonrisa de los miembros de la comisión electoral. Acto seguido me iba, rápido, para aplacar la dichosa erección.

◊

41. De día, a pleno sol, también salía a la calle vestido de mujer. Yoan intentaba vivir full time como Yoanis.

¿Una mujer atrapada en el cuerpo de un hombre?

Yoanis se encogió de hombros:

Hombres y mujeres atrapados en el cuerpo de un país. Eso sí es transexualidad, todo lo demás es cirugía y psicología plástica.

◊

42. Pero un domingo pasó algo, dijo el pedófilo, pasó lo que tenía que pasar, y esas fueron mis últimas elecciones.

Me di cuenta nada más entrar al colegio electoral. Las niñas que custodiaban la urna eran preciosas, perfectas, demasiado preciosas y perfectas para ser de mi barrio. Y yo no podía hacer nada. Ya estaba ahí. Atrapado. Recuerdo que, con el corazón martillándome el pecho, hasta puse una cruz en la boleta. Voté por uno de los candidatos o voté por todos juntos, no sé, no me importa. Me acerqué a la urna. Las niñas me miraban *diferente*. Había algo raro en sus ojos. Eché mi voto y entonces lo noté: sus pupilas eran muy grandes, muy negras, muy profundas, y en el centro tenían como un destello de color rojo. Sus ojitos eran diminutas pantallas en cuyo centro había un parpadeo, una sucesión de números...

Nueve, ocho, siete... Un conteo regresivo.

Me fallaron las piernas. Tropecé, caí al suelo, escuché un grito. Me agarraron, me pusieron de pie. Creo que las niñas ni se inmutaron. Yo pensaba: ¿qué son?, ¿qué les hicieron? Empecé a llorar. La cabeza me dolía. Escuché una voz amable diciendo que cualquiera da «un mal paso», o «un paso en falso», no estoy seguro. Escuché, dentro de mi cabeza, la explosión que acabó con todo. Y después escuché la sirena. Creí que se trataba de una ambulancia.

❦

43. Baby Zombi se enganchaba de vez en cuando a la literatura LGTB cubana. Baby Zombi memorizaba y recitaba párrafos enteros del suicida Reinaldo Arenas:

«Ya está aquí el color del verano con sus tonos repentinos y terribles. Los cuerpos desesperados, en medio de la luz, buscando un consuelo. Los cuerpos que se exhiben, retuercen, anhelan y se extienden en medio de un verano sin límites ni esperanzas. El color de un verano que nos difumina y enloquece en un país varado en su propio deterioro, intemperie y locura, donde el Infierno se ha concretizado en una eternidad letal y multicolor. Y más allá de esta horrible prisión marítima, ¿qué nos aguarda? ¿Y a quién le importa nuestro verano, ni nuestra prisión marítima, ni este tiempo que a la vez nos excluye y nos fulmina? Fuera de este verano, ¿qué tenemos?»

Yoan/Yoanis: Tengo que confesar algo. Cada vez que lo escucho, con esa entonación suya tan fuera de lugar, tan fuera de todo, lo único que me viene a la cabeza son los bikinis que yo quisiera ponerme para ir a las playas de esta puta isla. Bikinis de colores «repentinos y terribles». Así son. Y eso es lo único que me viene a la cabeza.

❧

44. Otro preso me dijo:
Yo hablé. Todos hablamos más tarde o más temprano. Algunos hablan incluso antes de que los traigan aquí.

Algunos no saben que ya hablaron.

Algunos se dan cuenta de que hablaron pero no saben cuándo y de qué hablaron.

Algunos ignoran que hay muchas formas de hablar.

Algunos no saben que sin abrir la boca, también están hablando.

Porque nadie tiene derecho a permanecer en silencio. Porque lo que no dices también va a ser usado en tu contra.

Conmigo los interrogatorios fueron breves pero muy extraños. Me sentí como uno de los *hideous men* de David Foster Wallace.

¿Has leído *Entrevistas breves con hombres repulsivos*, del DFW? Unas doscientas páginas. Aquí deben tener un millón de transcripciones.

❧

45. «Si empiezo a lanzar nombres de peloteros no tienes cinta suficiente para grabar». (Euclides Rojas, entrenador de pitcheo).

46. Lo mejor que tiene esta variante, dijo el Agente con la bombilla del mate en los labios, es que puedes absorber delante de cualquiera y nadie sabe lo que estás absorbiendo. Nadie sabe lo que estás procesando. Tiene algo de pipa de detective. Es útil en los interrogatorios. Insinúa que tienes alcance internacional. Te das como un aire al Che.

El Che está en los detalles, dijo el Agente. La Revolución está en los detalles. Todo nuestro trabajo es eso. Pequeños detalles. No olvides este dato.

Picó las páginas de la revista en pedacitos minúsculos. Comprimió los pedacitos en el recipiente. Añadió agua humeante.

Aspiró:

Sports Illustrated
SWIMSUIT 2009
7 COUNTRIES/ 33 MODELS/ 83 BIKINIS

&

47. Al DFW lo leí completo, dijo el lector. Aquí he leído muchísimo. Los guardias me traen cantidad de libros. Lo mejor de estar encerrado en Villa Marista es que he podido conocer otros autores, leer otras cosas. Libros de editoriales extranjeras, libros de los que no se ven en nuestras pobres librerías. La Habana es un gran desierto bibliográfico, tú lo sabes. Sin embargo a mi celda entra de todo.

&

48. Nota al pie. Infusión. Proceso que consiste en sumergir una hierba o ciertas partes de ella en agua para extraer sus principios activos. En farmacología se usa ese término para definir la extracción de los principios solubles de las sustancias orgánicas. En medicina se define como infusión la introducción en vena de un líquido distinto a la sangre.

꧁

49. La paradoja es que en mi aislamiento estoy más al día con el mundo, dijo el lector. Recuerdo cuando los guardias vinieron a informarme que el DFW se había suicidado. No había pasado ni una hora. La noticia aún no se había publicado. Yo fui una de las primeras personas del mundo en preguntarse si el DFW había sido en realidad una víctima de la depresión (los guardias me mantenían al tanto de su salud mental).

Curioso: él vive en California y está considerado el mejor escritor de su generación, yo vivo detrás de unos barrotes y no soy nada, no soy nadie... ¡y el que se deprime y se suicida es él!

Algo no encajaba. No, pensé, no fue ninguna depresión. Quizás el DFW nunca tuvo intenciones de colgarse. Quizás es que *lo hicieron parecer* un suicidio.

¿Pero por qué?

Ni tú ni yo estamos listos para una pregunta de ese tamaño, dijo el lector.

꧁

50. El calor/ La temperatura. Tienes que tener mucho cuidado para no quemarte, en especial para no quemarte la lengua, dijo el Agente sacando la lengua. La tenía larguísima. Como una serpiente saliéndole por la boca. Una serpiente de puro músculo. Podía enrollártela en los pies y tirarte al suelo con ella y dejarte tirado en el suelo para siempre.

❧

51. Lento y descalzo por las calles sucias. Harapiento. Apestoso. Pedía limosna:

Mi plan es coger todo el dinero que pueda y después retirarme, dijo. Como puedes ver, soy negro como un velocista jamaicano, soy negro como Usain Bolt, pero ya me quedé sin fibras musculares y no estoy patrocinado por Puma.

¿Cómo te paga la Seguridad?

No sé tú, pero yo soy un mendigo *auténtico*, me respondió el Mendigo. No estoy infiltrado. No estoy disfrazado. No me pagan un quilo. Lo que tengo que hacer yo lo hago gratis. Por amor a mi país.

Lo que tenía que hacer era acercarse a determinadas personas, cruzarse con ellas en las calles. Tenía las fotos, tenía el lugar, tenía la hora. La información contenida en un *file* que alguien dejaba en la basura. La cacería. Un felino muerto de hambre, un puma orgulloso que amaba a su país. Él ubicaba a dichas personas y se acercaba a pedirles limosna. Algunos le daban, otros no. Eso no era lo importante.

Lo importante era hacer *contacto visual*.

❧

52. Había un preso que era el ser vivo mejor alimentado de Cuba:

Un día vinieron a mi celda a preguntarme qué quería para comer. El menú que yo quisiera, ellos me lo traerían. Yo, con la voz temblorosa, pedí. Estaba convencido de que esa iba a ser mi última cena. De que me iban a ejecutar al día siguiente. Pero al día siguiente vinieron a preguntarme lo mismo. Yo pedí otro menú, pensando que si mi ejecución se había pospuesto, al día siguiente seguro me tocaba. Pero al día siguiente lo mismo. Y al otro día también. Ha pasado más de un año. He pedido todos los platos imaginables. Abundantes y deliciosas cenas. Yo sé que nadie creería que me están torturando, más bien todo lo contrario. Pero mírame. Tanta comida y ni siquiera engordo. Estoy en el corredor de la muerte.

Mañana seguro es el día.

Mañana.

🐾

53. Había un preso que era idéntico, *idéntico*, al presidente Obama:

Está bien, físicamente me parezco mucho al presidente de los Estados Unidos... ¿Y qué? Aunque todos mis genes coincidan en el papel carbón, en el supuesto caso de que yo sea un clon o algo así, *no puedo ser él.*

Quiero decir, influyen el medio ambiente, las condiciones de vida y esas cosas, ¿no? Y la alimentación, la alimentación seguro influye una barbaridad.

Desde hacía tiempo Obama sentía que lo vigilaban, pero así se sentía todo el mundo en su barrio. Todos eran delincuentes. Sin embargo un día todo cambió. De la noche a la mañana empezaron a mirarlo diferente los vecinos, los chivatones, la policía. Lo trataban con más simpatía que antes, es cierto, pero en ese trato se disimulaban la aprensión y el nerviosismo. Y un día lo fueron a buscar.

En la patrulla les dije: Pero si yo no hecho nada, coño, y ustedes lo saben, ustedes no pueden hacer esto... Y uno de ellos me miró sonriendo y me dijo: *Yes, we can.*

❧

54. Reunión de AAA en Villa Marista. Entramos y salimos. Nadie parecía incómodo por mi presencia allí. Memoricé rostros adictos. Rostros que decían *No Rehab*.

Como dijo Truman Capote, dijo el Agente, cuando el MININT te da un don también te da un látigo, y el látigo es únicamente para autoflagelarte.

(Ves, me dijo el Agente, yo también he leído.).

❧

55. Baby Zombi me invitó a la Primera Marcha del Orgullo Zombi de La Habana.

Pancartas:

ZOMBI4EVER/ ZOMBICTORIA SIEMPRE/ CON CLASE Z/ PATRIA MUERTE/ ¡VIVA   !/ AQUÍ VA UNA CONSIGNA/ ESTO NO ES UNA PANCARTA...

Va a ser un evento histórico, enérgico, espontáneo, ya sabes, organizado, financiado y promovido (no se lo digas a nadie) por la Seguridad del Estado, dijo Baby Zombi. Embúllate. No tengo ganas de ir solo.

¿Yoanis no va a ir contigo?

La puta está que ni se levanta de la cama. Me tiene preocupado. Se ve peor que si estuviera muerta.

&.

56. Claro que he tratado de hacerles cambiar de opinión, me dijo Obama. Les bajé toda mi elocuencia para convencerlos de que yo no soy lo que ellos piensan. Yo soy un negro tranquilo, agentes, yo soy un pobre negro de barrio humilde, lo mío es jugar dominó y tomar ron, que son cosas muy cubanas... Pero nada. Ellos me dijeron: te trajimos aquí por tu bien, *para protegerte*. Y eran de lo más afectuosos, me trataban bien, siempre me trataron bien. Les dije que por mi cabeza nunca iba a pasar postularme para presidente del país, porque yo sé que los presidentes aquí ya tienen nombre y apellido. Les dije que yo sería incapaz de armar un escándalo político, una provocación en la calle, un show mediático... Yo no sirvo para eso, agentes. Ellos movían la cabeza sin dejar de sonreír. Que el problema no era ese, que el problema no era esto ni lo otro, que el problema estaba totalmente fuera de mi alcance, fuera incluso de la comprensión humana, y me pidieron que confiara en ellos. Yo confío, claro. Ya llevo un tiempo encerrado aquí, confiando. Ellos saben lo que hacen. Ellos son los únicos que saben.

&.

57. Querían que yo aprendiera algunas técnicas de hipnosis súbita, hipnosis fulminante, contó el Mendigo. Querían que mi mirada fuera una sombra tenebrosa. Pero se dieron cuenta de que era a mí al que tenían que hipnotizar para que aprendiera algo. Después que aprendes a sobrevivir a toda costa, a la intemperie, digamos que no te quedan muchas neuronas hábiles. Cero fibra nerviosa.

Una vez lo recogieron y lo llevaron a un cuarto completamente blanco y lo acostaron en una camilla. Él se sintió como debieron sentirse todos los abducidos por extraterrestres.

Instrumentos de metal brillante. Agujas que perforan membranas.

Me operaron la vista, contó el Mendigo. Me implantaron unos lentes. ¿Qué cojones me pusieron en los ojos?, pregunté en cuanto me quitaron las vendas. Un milagro, respondieron.

❧

58. Finalmente le dijeron que lo iban a trasladar a un Hospital Psiquiátrico con muy buenas condiciones.

¡Lo que tienen que hacer es soltarme antes de que me declare en huelga de hambre! ¡Una huelga, ahora me doy cuenta, para la que me he estado preparando durante muchos, muchos años!, protestó Obama. ¡Yo no estoy loco! ¡Yo no estoy loco! Eso podemos discutirlo más adelante, le dijeron. Por ahora vamos a internarte en nuestro Psiquiátrico Especial «La Unidad».

❧

59. Era un desastre de sábanas estrujadas y moco y lágrimas. Para colmo, para animarlx, Baby Zombi le había llenado la cama de peluches.

En el piso: reguero de frascos y pastillas de colores.

En la pared: un afiche turístico-tropical.

Cuba: DepreNación.

Le dije a Yoan que no podía abandonar así el terreno, que tenía que continuar con el proceso de cambio de sexo.

¿Por qué?, preguntó desde el vacío, mirándome, y yo me senté en la cama, haciéndome lugar entre todos los peluches.

Se supone que seas una mujer. No te lo había mencionado antes, pero tú eres la reencarnación de la Virgen de la Caridad del Cobre... Ya sé que es lo último que quieres oír ahora. Ya sé que parece un mal chiste.

Se hubiera reído si hubiera tenido fuerzas para reír.

¿De dónde sacaste eso?, preguntó.

Tú me lo dijiste.

§

60. Tuvo un período sedentario. Se tiraba a la sombra de una de esas columnas milenarias celebradas por Alejo Carpentier. Era un escombro más. Era un agujero negro en medio de la podredumbre arquitectónica.

Ponía delante de él una estatuilla de yeso descascarado. San Lázaro. De vez en cuando le tiraban monedas. No tuvo mucha suerte.

Cambió a San Lázaro por la Virgen de la Caridad.

Un día encontré esta Virgencita en la basura, contó el Mendigo. ¿Quién pudo dejarla botada ahí, en medio de toda la mierda? En este país hay gente que no tiene alma.

Me enseñó una Virgen *hi-tech*. Movía ligeramente el cuello. Algún diabólico mecanismo interno la hacía capaz de hablar y pestañear como una muñeca.

Después de semejante hallazgo su suerte cambió por completo. Ese mismo día fue reclutado por la Seguridad.

Te la regalo, me dijo. Mendigos de todas las especialidades estamos para ayudarnos.

⚓

61. Clase de AAA en Villa Marista. Tenían una asignatura llamada Programa de los Doce Pasos.

Uno de los pasos, también conocido como el Paso Kafka, decía así:

«Trata con todas tus fuerzas de comprender, pero solo hasta determinado punto; allí debes abandonar toda reflexión».

⚓

62. Primera Marcha del Orgullo Zombi de La Habana. *Database* móvil:

¿Cuántos celulares asistieron? ¿De cuántas y de cuáles marcas?

¿Cuántas llamadas se hicieron? ¿Cuántas se recibieron? ¿Cuáles son los números? ¿Cuáles los *ringtones* que más sonaron?

¿Cuántas llamadas perdidas? ¿Cuántos mensajes de texto? ¿Qué dicen?

¿Quién llamó o escribió a quién y a quién llamaron y a quiénes escribieron después? ¿Qué conclusiones se pueden extraer de la concatenación, el orden, la prosa de esos contactos?

¿Qué conclusiones se pueden extraer de lo que no se dijo, lo que se calló en cada una de las conversaciones abortadas?

¿Cuántas fotos se tomaron? ¿Cuántos videos? ¿Qué sale, quiénes salen (y haciendo y diciendo qué) en esos micro-multitudinarios archivos?

§

63. La Unidad, un conjunto de instalaciones ocultas en una finca de las afueras de La Habana. Entré.

Miradas/ Murmullos.

Escuché:

Si me das a elegir entre una silla en un cuarto oscuro o cruzar diez metros bajo la mirada de todos, me quedo con lo primero.

El paciente me estrechó la mano con afecto, como si me conociera de toda la vida (tal vez me conociera de toda la vida), y continuó:

¿Sabes quién dijo eso? El Johnny. El Johnny Depp. El Johnny Depp dijo eso. ¿Pero quieres que te diga lo que no sabía el Johnny? Aquí, en el cuarto oscuro, por la noche, te visitan los súcubos. Sí, los súcubos atraviesan las paredes insonorizadas. Son dos: Lily y Amy, y se turnan para violarte por el culo con sus pingas tiesas.

§

64. Vamos a jugar a las palabras, dijo el Agente. Vamos a jugar con las palabras. Porque a fin de cuentas eso es lo que tú haces, ¿no?

MININT: Ministerio del Interior. Pero, ¿qué es el Interior? ¿El Interior de qué? Todo lo que no es Interior es Exterior. Lógica de guardafronteras. El Exterior todo el mundo sabe lo que es. Y el que no lo sabe se lo imagina o lo sueña. El Interior no es otra cosa que el interior del país. Cubadentro punto cu. O sea, toda Cuba. El Interior es el Todo, y el MININT es el Ministerio Total: nada cubano le es ajeno. Igual pudiera llamarse MINCUBA, o ya de plano: La Patria con Todos y Para el Bien de Todos que soñó José Martí.

Entre nosotros, dijo el Agente con la boca repleta, masticando, decimos cariñosamente Villa M: Villa Martí, no Villa Marista. Ahí nace la Patria que defendemos y habitamos.

Es que en el fondo, muy en el fondo, esto no tiene nada que ver con el género policial, dijo el Agente masticando una revista *Playboy*.

En cubierta, junto al muslo de la *playmate* con vestido levantado a lo Marilyn por un ventilador del subsuelo:

JAMES ELLROY
WHY I CHASE WOMEN
(A MEMOIR).

❦

65. La Virgen-Muñeca o VirginDoll era una especie de robot. VirginBot.

Preguntó: ¿Qué es lo que quieres?

Le dije: Dame información que pueda acumular y utilizar. Dame información que pueda acumular y actualizar. Dame el código fuente de la actualidad cubana. Tú sabes.

Me dijo:

Yo tengo... tú sabes...

Me miró con putería mecánica.

Le pregunté: ¿Qué es lo que tienes?

Me dijo:

Tengo algunas fantasías. Caprichos. Acumulados.

🐍

66. Otro paciente:
La vi por primera vez tirada en la calle. Parecía como si estuviera descansando (inmediatamente advertí que podía moverse, no sé cómo, pero *lo supe*). Era una mano, una mano suelta, una mano derecha cercenada con un corte aséptico del que no quedaba marca. Hacía pensar en un guante de látex pero sin la parte del látex: puro contenido.

Después la vi en movimiento. La vi arrastrarse y la vi caminar. La vi ocultarse en los rincones. Me la encontré en los sitios más insospechados.

De más está decirlo, dijo. No importa el origen de la evidencia si la evidencia está ahí. Esa mano es La Mano de Washington.

🐍

67. Yoanis se recuperó. Yoanis tomó decisiones. Dijo que no quería tener nada que ver con la Patrona de Cuba, ni con los Patrones de Cuba, que en el fondo eran los patrones de los géneros: biológicos, políticos y literarios. Ahora iba a buscarse y reconstruirse a sí mismx en otra parte. Intentaría ser lo que nunca había logrado ser: un Hombre. Para empezar, se dedicaría a hacer lo que nunca había hecho, y lo que ciertamente nunca haría la Santísima Virgen: acostarse con mujeres. Muchas mujeres. *Perseguir* mujeres. Explorar ahí. Empezar desde cero. Transgredir su propio Yo. Ese era el camino. Puedes decirme todo lo que quieras, me dijo Yoan/ ex-Yoanis, pero ahora mismo ese es el único camino diferente al suicidio.

※

68. Lo internaron, pero no dejó de verla. La Mano de Washington también recorría los pasillos polvorientos de La Unidad.

Dedos que hurgaban en las grietas de las paredes. Los dedos índice y anular como piernas diminutas y ágiles que daban carreritas y salticos. Los cinco dedos como las patas de una araña que se deslizaba, sigilosa, sin imprimir huellas digitales, rozando apenas el suelo.

Aún sin verla, él *podía sentir* esos pasos. De noche, encerrado en su cuarto, de pronto sentía a La Mano moverse y empezaba a temblar. Le costaba trabajo dormir sabiendo que allá afuera estaba La Mano de Washington, acechando. ¿Acechando qué?

Eso no lo sabía con exactitud, pero sin duda se trataba de un acecho mortal.

※

69. Yoan se cortó el pelo y las uñas. Yoan ocultó sus teticas incipientes (las llamaba «secuelas», las llamaba «realismo»), lo poco que le habían dado las hormonas, bajo una banda elástica. Se travistió con ropa masculina de catálogo: clase juvenil-habanera-alta. Consiguió un *look* andrógino.

El Hombre Nuevo, le dijo Baby Zombi mirándolo de arriba a abajo. Estás como para chuparte todo y después comerte vivo.

70. Una vez yo estaba teniendo un sueño erótico, dijo el paciente, uno de esos sueños que uno no sabe de dónde vienen. Al final del sueño tuve un orgasmo increíble y me desperté sintiendo la humedad. Fue el despertar más horrible de mi vida. Pegué un grito. La Mano saltó de mi entrepierna y cayó en el suelo. Toda embarrada de semen, se escabulló hacia la puerta y huyó. Seguí gritando hasta que vinieron los enfermeros de guardia.

Una cosa es que una mano sin cuerpo o una mano fantasma te haga una paja, dijo el paciente, y una cosa bien distinta es que te la haga La Mano de Washington.

꧁꧂

71. Algo que VirginBot había visto:

Muchachas/ Niñas. Denominador común: quince años. Muchachas/ Niñas posando para las fotos de sus quince. Muchachas/ Niñas posando para el ritual de fotos de sus quince en una unidad militar: Villa Marista.

Hijas de coroneles, como mínimo. Se paseaban por toda la Villa con séquito y cámara y rodando: pasamanos, jardines, vueltas a la sombra de antiguos árboles. Princesas en vestidos de fantasía. Maquillajes, diademas. Peinados de una hora. Sonrisas. Perfectas.

꧁꧂

72. Por los pasillos nocturnos de La Unidad se paseaban muchas cosas. Espectros invisibles e inaudibles, pero no por eso menos reales. Demonios terroristas. Diablillos mercenarios. Ratas con larguísimos colmillos, ratas recontrainteligentes. Criaturas recién llegadas del Infierno con hocicos de perros para oler el miedo. Enfermeras con la bata blanca desgarrada, la piel traslúcida, cientos de jeringuillas clavadas en la piel. Sillas de ruedas que rodaban siempre lentas, demasiado lentas, que apenas avanzaban, que nunca terminaban de pasar. Gusanos indestructibles que dejaban un rastro de baba amarillo-verdosa. Todo eso y más.

Sin contar la peor amenaza, la amenaza microscópica: el Plancton.

❧

73. Vestí a VirginBot. Le puse vestiditos de Barbie glamorosa encima de su manto de Virgen tallada y pintada.

VirginBot modeló con esos trajes de juguete. No tenía ruedas, pero era capaz de desplazarse por el suelo dando como unos pasitos torpes y sin chocar con las paredes. Hacía un zumbido eléctrico al caminar.

¿Tienes un espejo?, me preguntó.

❧

74. Otro paciente:
El Plancton yo lo descubrí. El Plancton está en el aire. El Plancton es un conjunto, una cantidad inconcebible de microorganismos flotantes. Es el Gran Micro Zoo, impulsado por soplos y corrientes y mareas aéreas de difícil pronóstico, y compuesto por unidades funcionalmente muy diversas pero que en esencia lo que hacen es comunicarse unas con otras para mover *algo*.

¿Mover qué? No lo sé con certeza, todavía lo estoy estudiando. Probablemente iones, descargas químicas, destellos moleculares, pequeñas variaciones de entropía.

El efecto macro de esa Transmisión, de esa Gran Flotación (¿cómo nombrar una Fuerza?), tiene que ver con la sensibilidad o la indiferencia colectiva, los humores, los estados de ánimo. De ahí el invento que llaman «opinión pública». El Plancton es mucho más potente que la prensa, la radio y la TV juntas, porque modula la forma en que vemos, escuchamos y leemos lo que ellas dicen.

Así que ya sabes.

Disfruta la brisa.

Respira.

໒

75. No lo vayas a romper, me advirtió el Agente. Ten mucho cuidado. Es una preciada reliquia de la Revolución. Una antigüedad muy valiosa. Fíjate en el marco. Fíjate en el brillo.

Muchos agentes lo han usado, dijo el Agente. Y me puso delante el Espejo Que Deforma & Pone En Crisis La Primera Persona.

Miré.

໒

76. Marca, me dijo. Doctor Marca. Y me estrechó la mano.

Ya has estado hablando con algunos de nuestros internos, ¿eh? Déjame que te dé un recorrido por el Sanatorio.

Caminamos.

Esa puerta de hierro es la de Cuarentena, dijo el Dr. Marca. Lamentablemente en algunos casos la Cuarentena es perpetua. Nunca he visto esa puerta abierta. Para serte sincero, no tengo la menor idea de lo que hay al otro lado.

❧

77. No fue nada fácil al principio. Una cosa era besuquear y apretujar esos pretendidos cuerpos y otra cosa muy distinta era llegar a la próxima base. Con la primera muchacha que lo metió en su cama, a Yoan no se le paró. No hubo manera.

¿Qué pasa?, preguntó ella.

Estoy nerviosa... Quiero decir, nervioso.

¿Por qué estás nervioso? ¿Nunca lo has hecho? ¿Acaso eres virgen?

¡¡NO!!

Bueno, bueno, cálmate. Te voy a enseñar. Empieza con la lengua.

Yoan infiltró la cabeza entre los muslos de la muchacha. Cerró los ojos. Abrió los ojos. Aquel sexo viscoso y abierto de par en par adquirió de pronto un tamaño alarmante.

Yoan tragó saliva. Se dijo a sí mismo (nunca más a sí misma) que no había marcha atrás. Ya estaba metido en la boca del lobo.

❧

78. En el vestíbulo, junto a la bandera, no podía faltar, ahí estaba: el Mural de La Unidad.

Hecho por los propios internos, señaló el Dr. Marca. Es parte de la terapia. Colectar, imprimir, desclasificar...

En el Mural:

✓ viejas fotos de Fidel & Raúl
✓ efemérides del mes
✓ fotos viejas de Raúl & Fidel
✓ info médico-farmacéutica
✓ fragmentos de discursos de Raúl
✓ nombres de pacientes destacados
✓ fragmentos de reflexiones de Fidel
✓ resultados del concurso literario
✓ resúmenes de historia clínica
✓ lemas recientes del PCC
✓ anuncios varios
✓ recortes: noticias nacionales
✓ recortes: prensa extranjera
✓ etc.

❧

79. «Nosotros debemos revisar los terrenos en los que jugamos. Uno no lo ve de inmediato, pero jugar en un terreno malo te va creando hábitos negativos, errores a la hora de fildear, errores que luego son difíciles de eliminar, de resolver en poco tiempo y que salen después en un evento internacional. Sin embargo, considero que los fildeadores cubanos son buenos porque lo hacen en terrenos con malas condiciones». (Antonio Pacheco, manager).

❧

80. Sufren en Cuba plaga de búfalos

Decenas de búfalos cubanos abandonan las granjas estatales en busca de comida y se reproducen en el monte de manera salvaje. Los campesinos de la fértil provincia de Pinar del Río, a unos 200 kilómetros al oeste de La Habana, han denunciado el acecho de estos imponentes animales de hasta media tonelada de peso que les destruyen sus cultivos. El problema es serio, viene de lejos y va en aumento. Comenzó después de que 2 mil 900 búfalos de agua llegaron de Asia a la Isla para iniciar rebaños y vaquerías. De ellos, 500 fueron destinados a las húmedas llanuras del sur pinareño y 26 fueron liberados en la sabana.

Hoy se calcula que hay cerca de 12 mil cabezas en la zona. Durante el día manadas enteras viven escondidas en los montes de marabú (un arbusto espinoso que reduce los pastizales), pero al anochecer salen al campo, arrasan las plantaciones de tabaco y se comen los cultivos. «Esos animales llegan y acaban con todo», declaró el campesino Bienvenido Castro, quien no ha vuelto a sembrar su tierra desde que los búfalos salvajes devoraran su maíz. Su caso es uno de tantos. Un mes después de que el periódico oficial revelara el problema, los agricultores consultados en la costa sur de Pinar del Río desconfiaban de las medidas tomadas por las autoridades.

A sus 75 años, 43 como montero, a Leonel Gómez no hay quien le invente historias. «Hace falta mucho dinero para controlar a los búfalos», aseguró. «Se requieren demasiados kilómetros de cercas electrificadas». También escasean las motosierras para acabar con el marabú, los vehículos apropiados, el combustible y la fumigación, entre otras cosas. No obstante, Gómez observó que últimamente han aumentado las brigadas de monteros que salen a diario, en carretas y a caballo, a rastrear las huellas de las manadas salvajes.

Al caer la noche y aprovechando la luz de la luna, los búfalos salen de su escondite en la espesura para comer todo lo verde que encuentran a su paso y ese es el momento en el que pueden ser apresados. Sobre un mulo flaco, y modestamente pertrechado, Carlos Contreras se dispone a cumplir con su tarea de vaquero, en la localidad pinareña de Briones. «Hace nueve años que soy montero de vacas. Pero cuando me piden apoyo con los búfalos también lo doy, porque la cosa está que da miedo. Son bestias de casi 500 kilos con una cornamenta imponente, que hay que atrapar a lazo en medio de la oscuridad», dijo.

Pese a las dificultades presentes y la fama destructora que se han ganado los búfalos en la provincia de Pinar del Río, los expertos ven en ellos el futuro de la ganadería cubana por su resistencia, su capacidad de reproducción y su aprovechamiento como animales de tiro y productores de carne y leche. El búfalo de agua se reproduce más rápido que el ganado vacuno, la supervivencia supera el 90% de los partos, y comen cualquier tipo de pasto, mientras las vacas rinden menos y requieren más atención, explicaron los veterinarios.

El Mañana de Laredo, México

᠊ৡ᠊

81. Otra puerta de hierro. Igual a la de Cuarentena, pero al otro lado de La Unidad.

Esta es el ala destinada a los exagentes, susurró el Dr. Marca.

Como dicen en Italia: hay dos categorías, el *calciatore* y el jugador. El *calciatore* es más trabajador que inteligente. El jugador es el que establece los tiempos del juego. Esos últimos son los que a menudo terminan detrás de esa puerta, se nos vuelven «locos», dijo el Doctor marcando las comillas con los dedos.

Lo que acabo de decir es una simplificación grosera, dijo el Dr. Marca. Por supuesto que hay muchas más categorías de agentes: Dobles, Triples, etc. (Por cierto, ¿cómo está nuestro amigo Revistófago?, ¿sigue en AAA?). Y también tenemos nuestros buenos *calciatores* ingresados en el Sanatorio.

❦

82. El taxi era un Chevrolet de los años 50. Expulsaba gases de guerra en lugar de humo.

VirginBot quería ir encima del capó: justo en el borde delantero, en el centro, como una efigie cromada.

Allí la puse.

Arrancamos.

Aceleramos.

¡Más rápido!, pidió VirginBot.

El Chevrolet de los años 50, que en las calles centrohabaneras era un vehículo de gran productividad, propenso a los golpes de timón en medio de inclementes baches, empezó a dar bandazos y sacudidas.

VirginBot perdía estabilidad.

VirginBot saltaba de un lado a otro y caía y rodaba pero siempre volvía a su posición en el centro del capó. Como atraída por un poderoso imán.

¡Más rápido! ¡Más rápido!

Ja, ja. Es como en aquella película de Tarantino, dijo el taxista. La de los carros viejos... *Death Truth*.

Death Proof, corregí.

Ella no es la verdadera, ¿cierto, amigo? Ella es un doble de riesgo, un doble de acción...

Es solo una figurita de cerámica.

Tú sabes lo que quiero decir, dijo el taxista guiñándome un ojo.

Lo cierto es que durante todo el terremoto del viaje encima de aquel capó, VirginBot/StuntVirgin nunca rodó hacia la calle, nunca se cayó del Chevrolet de los años 50.

𝄞

83. Otro paciente:
Sí, lo mío era chequear conversaciones telefónicas. Cientos, miles de líneas intervenidas. Me pasaba el día escuchando diálogos que iban de lo banal a lo críptico. Pero todos de vital importancia.

Para no volverme loco, le ponía rostro a las voces. O jugaba a colocar un rostro diferente a esas voces que, por la costumbre, ya me resultaban familiares.

Hasta que un día la encontré.

Mejor dicho, Ella me encontró a mí.

Estaba escuchando una línea que yo no conocía. Primera vez que la revisaba. Descuelgan el teléfono, pero no marcan ningún número. Hay un silencio, tal vez una respiración. De pronto una voz femenina dice: *holaaa... ¿hay alguien ahí?*

No había nadie, excepto yo.

Me agarré con fuerza a los auriculares.

sí... yo sé que estás ahí... en algún lugar... escuchándome... no puedes hablarme pero yo te siento cerca... muy cerca...

Imagina la voz más sensual posible. La más provocadora, la más excitante, la calidez y la humedad en un mismo tono. El tono exacto para encenderte la piel.

Era esa voz.

84. La imagen en el espejo, en el Espejo Que Deforma & Pone En Crisis La Primera Persona, indudablemente era yo. Pero con un efecto raro que escapaba a las leyes de la reflexión. El yo del reflejo tenía mi edad pero parecía mucho más joven. Como si todavía estuviera haciendo el Servicio Militar Más Largo Del Mundo en Villa Marista.

Era como mirar al pasado y desde allí mirarme a mí mismo en el futuro sin transiciones, ida y vuelta a la velocidad de la luz reflejada.

Y pude verme así: inocente.

Y pude ver que no sabía escribir.

⁂

85. Sin otros interlocutores en la línea, dijo el paciente. Sin testigos. A veces al descolgar el teléfono, a veces al finalizar una conversación: después de que la otra persona colgaba, Ella se demoraba en colgar y venía un silencio desesperante y de pronto...

¿cómo estás hoy, mi vida? ¿has escuchado algo bueno?

Abandoné los demás teléfonos. Su Voz era adictiva. Me decía cosas como:

he pensado mucho en ti últimamente...

Yo la escuchaba con el corazón latiéndome al límite,

tan solito, desgastándote en un trabajo tan duro...

con la saliva acumulándose en mi boca,

¿quieres que te diga lo que llevo puesto?

sin poder decirle nada porque, claro,

me gustaría que me sentaras en tus piernas... y me acariciaras... y me contaras las cosas que nunca le has contado a nadie...

tenía que cuidarme, y tenía que cuidarla a Ella.

ahora te dejo que voy a bañarme... estoy empapada en sudor...

A veces me castigaba con el silencio. Varios días, hasta una semana sin escucharla. Y yo cada vez más desesperado hasta que por fin, de pronto...

sigues ahí... lo sé... sigues ahí por mí... eres un encanto... así me gusta...

🐚

86. Temporada de caza para la *ex-tranny*. Se levanta la veda del bollo.

Yoan en la escena *straight* con un nudo en la garganta. Acudió a fiestas. Fue a discotecas. Frecuentó las esquinas y los cafés de moda. Conoció chicas. Había chicas mariposeando por todas partes. Y todas hermosas. Y todas sacando fotos con los celulares, tecleando mensajitos, tuiteando, posteando, transmitiendo las 24 horas de la noche. Aterrador.

Yoan detectó a las más peligrosas. Olfato. Intuición. Nueve de cada diez, la especie que reinaba en el ecosistema.

Las *gossipgirls*.

🐚

87. Hasta que un día no pudo más. Tenía que verla. Hurgó en los archivos. Dio con una dirección. Fue a buscarla.

Su rostro no tenía nada que ver con los rostros que él le había imaginado. La mujer de tus sueños no es más que una expresión, una forma de hablar, dijo el paciente. El día que por fin la tienes delante, comprendes que todos tus sueños se quedaban cortos.

La llevé a la estación de policía más cercana, dijo el paciente. La metí en el cuarto de interrogatorios. Ella no sabía quién era yo, claro. Protestaba y pedía explicaciones. Insinué algo. Ella quedó en silencio. Un brillo fugaz atravesó esos ojos bellísimos. Le pregunté: ¿por qué me hiciste esto? Ella sonrió y me dijo: te lo hiciste tú mismo. Luego pasó lo que pasó.

Nos lanzamos el uno sobre el otro y comenzamos a arrancarnos la ropa.

Entonces la puerta se abrió. Lo sacaron arrastrado, presa del furor erótico. Tuvieron que inmovilizarlo y clavarle jeringuillas. Después él les preguntó qué habían hecho con Ella. Ellos le preguntaron de quién carajo estaba hablando. En el cuarto no había más nadie. En el cuarto al único que encontraron fue a él, convulsionando arriba de la mesa con la pinga al aire.

De algo no te quepa duda, concluyó el paciente. Somos buenos mintiendo. Somos especialistas en vulgarizarlo todo.

🙂

88. Las *gossipgirls* eran una plaga (una plaga más). Las *gossipgirls* eran *chivatazzis* (chivatas y paparazzis). Las *gossipgirls* eran ninfómanas.

Las *gossipgirls* andaban siempre con los ojos y los oídos abiertos como flores, listas para introducir/ amplificar/ modificar cualquier rumor, para captar en cada momento la imagen y el audio que en cada momento eran necesarios. Inseparables del celular, vivían a un speed dial de distancia de la Seguridad del Estado.

Pero no son informantes, me explicó Yoan. Son *infoamantes*. No las vimos venir. Son la nueva generación.

89. Otro paciente, aquel que me estrechara la mano con afecto, como si me conociera de toda la vida (y que tal vez me conociera de toda la vida), me volvió a estrechar la mano con afecto, como si no me hubiera visto antes en la entrada de La Unidad, y dijo:

Una vez estaba Coppola trabajando en *El Padrino II* o *III* en Nueva York. Coppola está en su trailer. Tocan a la puerta. Le anuncian que es John Gotti, el gángster, que quiere conocerlo. El señor Coppola dice: No es posible, estoy ocupado. John Gotti se va. Después Coppola piensa en los vampiros. El mito dice que uno tiene que invitar a los vampiros a entrar. Si uno no los invita, los vampiros no pueden entrar. Ah, pero si cruzan el umbral de la puerta ya están adentro, ya no importa lo que digas, tuviste tu oportunidad... Ahora, ¿quieres que te diga lo que no pensó el señor Coppola?

❦

90. VirginBot quería un walkie-talkie. Conseguí un walkie-talkie y lo puse frente a ella, a ver qué hacía.

El walkie-talkie, de la base a la punta de la antena, tenía casi la misma altura que ella.

VirginBot no dijo una palabra, no emitió ni un murmullo de estática. Tal vez escuchó algo, tal vez no. Tal vez no se trataba de comunicar ni de recibir. Lo único que hizo fue quedarse en silencio, inmóvil largo rato frente al walkie-talkie que, a su lado, también parecía una estatuilla-robot antropomórfica.

91. Adelante, dijo. Y entré en la oficina del Dr. Marca.

Hocicos/ Ojos/ Cuernos.

Trofeos de caza en las paredes.

Eran búfalos. Cabezas de búfalos.

Algo vivo se proyectaba desde lo profundo de esas cabezas muertas.

Una expresión semihumana en los rostros animales. Como si los búfalos tuvieran un rostro humano atrapado dentro y luchando por salir.

❧

92. Observar mi rostro allí, en el Espejo Que Deforma & Pone En Crisis La Primera Persona, no era lo más difícil: probé afeitarme y terminé con la cara llena de cortes sangrantes. Y ante mi reflejo, la sangre no hizo nada por coagular.

❧

93. Adelante, dijo. Y entré en la oficina del Dr. Marca.

Las paredes limpias. Blancas. Demasiado limpias y blancas.

Fotos lindas en el buró: la casa, la esposa, los hijos. Rostros alegres.

Nos sentamos el uno frente al otro. En silencio.

De pronto sonó el teléfono. El Dr. Marca descolgó.

Dijo: sí. Dijo: no, está todo bien. Dijo: ajá, ajá. Dijo: estoy reunido ahora mismo, un asunto del más alto nivel (el Dr. Marca me guiñó un ojo), sí, una especie de investigación. Voy a llegar un poco tarde, no me esperes despierta.

Y colgó.

Y me dijo, sonriendo:

La familia... La familia es muy importante.

❧

94. Así fue como empezó todo: dejando de afeitar-me, dijo Baby Zombi. Quería tener una Gran Barba, como Fidel. Mi barba soñada: rala y del color de la ceniza, como la de Fidel en sus últimos años. Pero tuve que conformarme con una barba negra y tupida, como la de Fidel en la Sierra Maestra. Cuando todo estaba empezando.

❧

95. A ver cómo te lo explico, empezó el Dr. Marca. Yo soy, yo fui, una especie de Director Técnico.

Años atrás, en secreto y con modestia, trabajé como entrenador en lugares remotos, reveló el Dr. Marca.

Campos inmensos de China, selvas de Centroamérica, islitas del archipiélago de la Sonda, el desierto chileno y los caminos rocosos de los Andes...

Contemplé el atardecer en el golfo de Vizcaya, dormí bajo las estrellas del Oriente Medio, viví en poblados perdidos en la Amazonia y los Balcanes, en aldeas situadas en el mismísimo borde del Sahara...

Lugares sin épica, sin muchos recursos, sin fichajes, donde entrenar es una aventura imprevisible, donde el trabajo de un DT puede en verdad marcar la diferencia.

Recuerdo que una vez, dijo el Dr. Marca, en uno de aquellos lugares, me preguntaron por el futuro. Yo les dije: El futuro soy yo.

96. Me miraba continuamente en el espejo, dijo Baby Zombi. No me cansaba de contemplar y acariciar mi barba viril, tan viril que me provocaba erecciones durísimas, erecciones tan potentes que dolían.

Esto es Alta Fidelidad, esto es *Hi-Fi*, me decía a mí mismo frente al espejo. *Hi-Fi... Hi-Fi... Hi-Fi...* Y el espejo me daba la razón.

Ahora sé que estaba equivocado, dijo Baby Zombi. No entendía bien el concepto. *Hi-Fi* no es mímesis: es incorporación.

Y es, sobre todo, *amplificación*.

❧

97. Quiero que sepas que me siento agradecido (pero más agradecido debes sentirte tú) por esta oportunidad, dijo el Dr. Marca. La oportunidad de explicar muchísimas cosas que, por ignorancia o por ingenuidad, la sociedad civil no comprende del todo. Como dijo una vez Valdano, siempre hay que estar compensando las exageraciones que envuelven al fútbol.

❧

98. Baby Zombi (que todavía no se llamaba así, que nunca sabremos cómo se llamaba) perdió el trabajo. Le pedían que se afeitara, y él decía que no. Era una cuestión de principios. Era *Hi-Fi*.

Le explicaron que, para un modelo, la barba supone la devastación total del rostro. Le da un aspecto sucio, primitivo, patriarcal y tercermundista. Habla de un prototipo de hombre extinguido hace tiempo. La barba arruina en particular los labios, y los labios de un modelo deben ser especialmente atrayentes. En resumen, la barba es incompatible con la moda masculina.

Uno a uno, desaparecieron todos los contratos con todas las agencias. Baby Zombi quedó deshecho. Pero no se deshizo de la barba.

Creía que *Hi-Fi* era eso.

¢

99. A la salida de La Unidad, en el vasto jardín, me cruzo con una paciente que dice al verme:

«La enferma se pasea como un pájaro devastado. Es pequeña, voraz y su labio superior, en un esfuerzo esquizoconvexo y final, se ha constituido en pico sucio».

Y sigue recitando el poema de Rolando Sánchez Mejías. Y se ríe: ji, ji.

¢

100. En la calle. Sin carrera. Sin dinero.

Y sin amor, porque los amantes habituales (modelos, actores y cantantes con los rostros atractivos y rigurosamente afeitados) huyeron de él como se huye de una enfermedad asquerosa.

Lo perdí todo, dijo Baby Zombi. El modelaje, la fama, la farándula, eran mi vida entera. Era todo lo que yo esperaba de la vida. Era la vida que yo debía vivir, en otro lugar y en otro momento. Lo que me quedaba era una mera ilusión de supervivencia. Me sentí como si ya estuviera muerto.

Entonces fueron a verlo. Le hicieron la propuesta. Querían información actualizada sobre los otros muertos vivientes, cuyo número no hacía más que aumentar.

Baby Zombi lo pensó. Dijo:

Quiero la barba de Fidel. Quiero *tocarla*.

Ellos asintieron en silencio. Al día siguiente le lleva-ron una caja de metal. Dentro: una caja más pequeña, de cristal, que a Baby Zombi le pareció diamante. Den-tro: unos mechones grises, finísimos.

Baby Zombi se llenó las manos con aquella barba. La acarició. Se acarició con ella todo el cuerpo. Tuvo un orgasmo.

El último.

Después se encerró en el baño a llorar y a afeitarse.

&.

101. Métodos. En una sartén, el Agente fríe una revista. Le da vueltas como si fuera una tor-tilla o un trozo de carne. Es la *W Magazine*.

Cover:

Linda Evangelista, la modelo que no se levantaba de la cama por menos de 10.000 dólares. Linda Evangelis-ta sostiene un cartel de cartón en la calle.

El cartel dice:

IT MUST BE SOMEBODY'S FAULT

&.

102. ¿El futuro?, dijo Baby Zombi. Pues lo úni-co que puedo asegurarte es que todos los que ahora estamos muertos vamos a seguir muertos. Y los que ahora estamos sembrados (como te podrás imaginar, yo no soy la única fuente entre los zombis), seguiremos sembrados para siempre. Como vegetales. No importa dónde estemos. No importa quiénes nos rodeen. Aunque ya no tenga sentido. Aunque ya no tengamos sobre nosotros la alargada sombra de la Seguridad del Estado.

§&

103. Se encendieron las luces de la estación subterránea:

Ahora te voy a explicar qué hacemos en este laboratorio, dijo la mujer abotonándose la bata blanca. Yo soy microbióloga, me dedico a...

La interrumpí para mencionar el Plancton.

Por si acaso.

La Microbióloga pestañeó, tragó saliva, acomodó una sonrisa.

Solamente a un loco se le puede ocurrir algo así, me dijo.

Y a continuación:

Pero bueno, solamente un loco puede ponerse a escribir sobre lo que tú vas a escribir.

§&

104. La chica tendría la misma edad de Yoan. Había acabado de tragarse la adolescencia y todavía se pasaba la lengua por los labios. Brillantes.

Se llamaba Cristabel.

Ok, dijo Yoan, yo sé que es una de ellas. Una *gossip-girl*. Conozco el terreno de juego. ¿Voy a salir a perder? Es posible. Pero tengo una ventaja: ella no sabe que yo sé. Yo siempre puedo ir un inning por delante de ella. Yo puedo ser más ella que ella misma.

105. Estaban enfrascados en el diseño de una bacteria que se comiera el marabú. Un agente de control biológico. El objetivo era eliminar el marabú que infestaba La Habana.

¿Cuál marabú?

No se ve a simple vista, está en otra dimensión, dijo la Microbióloga ofreciéndome unas gafas.

Subimos a la intemperie. Me puse las gafas. Eran oscuras. No me parecieron de ningún modo especiales.

Pero vi:

El marabú creciendo en las calles, las aceras, los parques. El marabú golpeando las paredes, asomándose en las ventanas de las casas. Dimensiones superpuestas.

El marabú entre la gente: toda esa gente transitando sin saberlo entre la maraña de espinas invisibles.

🙢

106. VirginBot quería convertirse en momia. Quería probar lo que significa estar *ausente*.

La cubrí con pegamento y papel. Hojas de papel escrito. Todo lo que yo había escrito hasta ese momento estaba en esas hojas. Una capa encima de otra. La fui envolviendo. Empecé a picar las hojas, la escritura, en tiras. Y a medida que le pegaba papel encima, los contornos de VirginBot fueron desapareciendo. Quedó atrapada en una gran bola.

No parecía una momia. Parecía un huevo. O una bomba.

🙢

107. Sí, lo hicimos nosotros, confesó la Microbióloga. Pero como muchas otras cosas, se nos ha ido de las manos. Se ha hecho prácticamente indestructible. Sin embargo, ahora, gracias a esta bacteria que estamos diseñando, se acerca su fin. El trabajo ha sido duro. No se trata de una bacteria como cualquier otra: tiene que comerse un arbusto espinoso en una dimensión paralela, y tiene que comérselo todo, sin dejar rastro, para que no brote más denso e impenetrable. Hemos tenido que escribirle instrucciones avanzadas en el ADN. Lo que le estamos escribiendo en el ADN es, básicamente, una locura.

᠁

108. Yoan & Cristabel en la cama. Ella toda húmeda, arrebatada por la androginia (lo que iba quedando de ella). Él disimulando su total carencia de excitación y, al mismo tiempo, decidido a excitarse a toda costa, con aquellos pechos saltando sin parar delante de sus ojos, con aquel pubis ineludible, rasurado, arrasado, *vacío*: nada se levantaba allí.

Yoan le pidió que se virara de espaldas. Ahora el problema eran las nalgas, rotundamente femeninas. Cerró los ojos. Hizo un esfuerzo de concentración.

Dale, dale, lo animó Cristabel. Cógeme el culo.

Yoan pensó en los culos-diana de los hombres que la recogían el Malecón. El pasado que intentaba borrar.

Se le paró.

᠁

109. El marabú, y lo que no es marabú... No creas que exagero si te digo que casi todo se nos va de las manos, se lamentó (en voz muy baja) la Microbióloga. No me extraña. ¿Cómo no va a ser así? Las prioridades cambian todo el tiempo. Las agendas se reordenan y se pasan en limpio. Los agentes se dispersan. Los problemas se acumulan. Las soluciones de ayer son los problemas de hoy. El batir de las alas de un insecto (y te hablo de un insecto muy pequeño, un insecto al que no se le pueden arrancar las alas) ocasiona a corto plazo tormentas políticas inabarcables. Somos muchos, muchos, y te juro que no damos abasto. ¿Ves eso?, dijo la Microbióloga señalándome una estantería repleta de cajas polvorientas. Son muestras de tejido, preparadas y listas para ser examinadas. Muestras de tejido social. Muestras del tejido de la sociedad cubana actual. Muestras que día tras día se vuelven más y más inactuales... Ahora, ¿tú ves a alguien mirando por el microscopio? ¿Tú ves a alguien más aquí abajo?

Ah, y mejor ni te digo que cada una de esas muestras debe llevar un informe, agregó la Microbióloga quitándose la bata blanca y arrojándola al suelo.

♕

110. En cada sesión de sexo Yoan perfeccionaba el autocontrol, iba ampliando su repertorio mental. Cristabel encima de él: con los ojos bien cerrados podía imaginarla como un hombre. Podía imaginarse a sí mismo como la mujer que era y trasladarse a una fantasía lesbiana, o mejor: a un trío con un hombre imaginario observándolas. Y así. Su cuerpo respondía cada vez mejor, las erecciones fallaban cada vez menos. Llegaría el momento en que no fueran necesarios los trucos. El deseo, el programa heterosexual, razonaba Yoan, se levanta neurona a neurona en tu cabeza mediante aproximaciones, rodeos, mimetismos. Es tu voluntad (en el caso de él/ella, una voluntad política) lo que te impulsa a alcanzarlo. Tal vez la heterosexualidad no es más que eso, decía, acercarse siempre a un sitio adonde no se puede llegar del todo.

❧

111. Los cortes del segundo (y último) intento de afeitado, frente al Espejo Que Deforma & Pone En Crisis La Primera Persona. Mis dedos manchados. Puse el dedo índice en la superficie de cristal. Hice una línea. Cero escritura: un trazo rojo. Mi imagen repitió la acción, pero su dedo estaba limpio. Más de diez, casi quince años atrás, no había suficiente sangre.

❧

112. Recuerdos. Villa Marista. Un perímetro azul verdoso con siete postas de vigilancia. Guardias de día, de noche, de madrugada. La sensación (premonitoria) de que el Servicio Militar Obligatorio no se acabaría nunca (el año terminó, las guardias terminaron, el SMO dura hasta hoy). Las patrullas en la sombra. Las patrullas entrando y saliendo silenciosas. Cosas que yo veía desde la posta número 3, donde más turnos hice: una gasolinera, una iglesia, las casitas del barrio Sevillano, el ómnibus de la fantasmal ruta 15, los transeúntes que pasaban arrastrando pequeñas vidas más o menos miserables y secretas, luces en el cielo nocturno, aviones distantes que llegaban o partían y parecían ovnis, y un terreno deportivo justo a mis espaldas, adentro, en el interior de Villa Marista, no muy lejos de los edificios principales, un terreno de pelota donde a menudo iban a jugar los niños.

꧁

113. Cuando no estaban juntos, Cristabel & Yoan se comunicaban todo el tiempo. La *gossipgirl* escribía. Redactaba. Era una de esas. Yoan no paraba de recibir mensajitos. Los mensajitos siempre terminaban así:

You know you love me. xoxo.
Crystabel

꧁

114. El verdadero agente está guiado por profundos sentimientos de amor, dijo el Agente. Incluso hay quien dice, como la canción, que todo lo que un agente necesita es amor. El amor es importante, sin duda. Pero desde mi experiencia como Agente Adicto, con la dieta que yo llevo (dieta que también *necesito*), igual de importante es la higiene dental.

Y para confirmarlo se llevó a la boca, a manera de hilo, un trozo de alambre dental al que solo le faltaba la hilera de púas.

Después sonrió, mostrándome sus dos hileras de dientes blanquísimos, afilados, todos puntiagudos como colmillos.

Colmillos de tiburón del Estrecho de la Florida, dijo.

Plato del día:
Rolling Stone

THE 51 BEST SONGS & 20 BEST ALBUMS OF 2010/ THE LOST LENNON TAPES (THREE DAYS BEFORE HE DIED, JOHN LENNON TALKED WITH ROLLING STONE FOR NINE HOURS...).

❧

115. VirginBot quería nadar, pero quería *nadar en dinero*. Llené una caja con billetes de Monopoly y billetes de la moneda nacional (el peso cubano). La zambullí. VirginBot empezó a hacer como si flotara. Como una boya. Y a dar vueltas en círculo, metiendo y sacando la cabeza.

❧

116. No, yo ya no soy de la Seguridad, dijo la Médium. Yo *fui* de la Seguridad. Estoy retirada desde hace muchos años. Quiero dejar claro eso. Me considero jubilada aunque algunos digan que en este trabajo no te llega la jubilación hasta que te metan en la caja y te pongan la corona de flores del MININT. Eso sí: durante un tiempo, después de retirarme, ayudé un poco. Venían a mí, por mis capacidades, ¿y cómo negarme?

Durante un tiempo, dijo la Médium, estuvieron trayéndome cintas de antiguas grabaciones. Todos los días me traían esas cajas repletas de cintas sin casete. La tecnología arrasaba rápidamente los soportes, los formatos. No iban a poder recuperarlo todo. Era una carrera contra el tiempo. Sí, muy bien, ¿pero una carrera *hacia dónde*?

Ellos solo me decían: Vieja, por favor, ayúdanos. Escucha. Escucha como tú sabes escuchar y dinos lo más importante, lo decisivo, lo que no podemos perder...

117. *Acabo de ver un fantasma. Te lo juro. A unas cua-dras de la SINA. Era un viejo arrugado y traslú-cido. Lo reconocí de golpe. Era el fantasma de Philip Agee. Un antiguo fantasma de la CIA. Me sonrió con su boca sin dientes. Pensé: viejo pervertido. Pero sin quererlo yo también le sonreí a él. Me vio alejarme y entonces se desvaneció.*

You know you love me. xoxo.
Crystabel

❧

118. Los muertos no hablan, dijo la Médium. Los que hablan son los vivos. Los muertos no ha-blan pero sus voces están siempre ahí. Las voces de los muertos hacen interferencia con las voces de los vivos. Por esa interferencia, que puede ser un chirrido, o una sucie-dad, se cuela todo. Entra un segundo nivel. Hay muertos cuyas voces se escuchan claramente. No son mensajes bo-nitos ni agradables. A veces son como botellas lanzadas para este lado con furia, para que se hagan añicos. Para que los trozos de vidrio hagan correr la sangre.

Recuerdo un póster jodedor que colgaron allá en mis tiempos, dijo la Médium, en alguno de los viles es-condrijos donde trabajé. Decía:

LOS QUE MÁS HABLAN NO SABEN
LOS QUE MÁS SABEN NO HABLAN

Los que saben de verdad están muertos, dijo. Pero están sus voces.

❧

119. Día y noche con las gafas puestas.
Vi:

Los terrenos deportivos cubiertos por el marabú.

Los perros callejeros de Infanta buscando sobras en el marabú.

Los carros pasando por la avenida 26 sumergidos en el marabú.

Los edificios de Alamar envueltos en llamas de marabú.

El marabú enganchado en las mochilas de los niños que van y vienen de las escuelas.

El marabú calcinado encima de las tumbas del Cementerio de Colón.

El marabú creciendo en cada metro cúbico de la Plaza de la Revolución.

El marabú subiendo y bajando la escalinata de la Universidad de La Habana.

El marabú esperándote a la salida del Aeropuerto Internacional José Martí.

El marabú bloqueando la entrada de los viejos cines y las viejas cuarterías.

El marabú colgando del puente sobre el río Almendares.

El marabú en las esquinas, denso, compacto, en forma de pequeños domos o pequeñas mazmorras.

La gente asomando las cabezas, mirando al cielo, abriendo bocas, respirando en marabuzales-playas, marabuzales-parques, marabuzales-azoteas...

꧁

120. Con el tiempo las cintas se fueron amontonando en mi casa, dijo la Médium. Como una plaga. Ellos seguían trayéndolas, pero yo las escuchaba cada vez menos. El cansancio, los achaques de la edad... Hasta que un día ellos dejaron de venir. Nunca más me dediqué a escuchar. Las cintas se quedaron aquí.

Abandonadas. Enredadas unas con otras. En algunas esquinas de la casa el bulto de cintas tocaba el techo.

No, ya no están aquí, dijo la Médium. Bueno, sí, me quedan unas cajas que tengo por ahí guardadas. No las voy a devolver a estas alturas, fíjate. Es lo último que me queda para mi negocio. El negocio que me da de comer.

§⚘

121. *Salgo del supermercado, amor. Compré: bolitas de milk chocolate* M&M's *(Mars Inc., Hackettstown, NJ) & sirope de chocolate* HERSHEY's *(The Hershey Company, Hershey, PA) & ketchup* HUNT's *100% natural (ConAgra Foods, Omaha, NE) & mayonesa* PIKNIK *(Supreme Oil South, Brundidge, AL) & puré de papa instantáneo* COUNTRY BARN *(Walton & Post, Miami, FL) & papitas* PRINGLES *Cheddar Cheese (Procter & Gamble, Cincinnati, OH) & leche evaporada Vitamin D Added* OUR FAMILY *(Nash Finch, Minneapolis, MN) & mantequilla de maní* RED & WHITE *(Federated Group, Arlington Heights, IL) & maíz dulce* LIBBY's *(Seneca Foods, Marion, NY) & jugo de limón* NIELSEN's *(Nielsen Citrus Product Company, Huntington Beach, CA) & cereales* KELLOG's *(Kellog Company, Battle Creek, MI) & more, mucho más...*

You know you love me. XOXO.

Crystabel

§⚘

122. Se hizo cuentapropista. Obtuvo rápido (tal vez demasiado rápido) la licencia para ejercer Trabajo Por Cuenta Propia. Pero no una extravagante licencia de Médium ni nada por el estilo. No.

Ahora iba a dedicarse a un trabajo manual. Artesanía. Para mantenerse ocupada y cuidar su salud. Para no pensar en cosas que no debía pensar.

Empezó haciendo muñecas de trapo. Al principio pequeñas, después más grandes. Y empezó a rellenarlas con aquellas cintas grabadas.

Las muñecas fueron un éxito. Se vendían muy bien. La gente las elogiaba por su belleza, por el acabado, por el exterior, pero la Médium sabía que el toque lo daba el relleno: lo que impulsaba a la gente a comprarlas era una sensación que transmitían al ser apretadas.

Diversificó la línea: hizo almohadas, cojines y colchones rellenos de cintas grabadas.

Multiplicó sus ventas. Compradores satisfechos iban a darle las gracias. Personas que siempre habían tenido problemas para conciliar el sueño ahora podían dormir. Gente con dolores que al fin habían encontrado alivio para el cuello, la espalda. Gente que le preguntaba cuál era el secreto, el asombroso material.

La Médium sonreía sin decir nada.

La Médium prosperó. La Médium se enriqueció en la vejez.

Hubiera dado el salto a la mueblería, dijo. Rellenar y vender sofás y butacones. A lo mejor hubiera puesto una fábrica. Pero ya ves, me quedan muy pocas. Puede que alcancen para rellenar una docena de muñecas de trapo. Y se acabó. Tal vez sea mejor así, ¿no? Ya me está llegando la hora de descansar para siempre. Todo se acaba algún día.

§.

123. VirginBot quería sacarse una foto con Los Aldeanos, el dúo de hip hop revolucionario. Una foto de fan.

Contacté a Los Aldeanos.

Los Aldeanos me recibieron en la casa donde grababan.

Posaron:

A la izquierda Aldo y a la derecha El B. Torsos desnudos, torsos escritos. Dos guapos de Nuevo Vedado llenos de tatuajes de guerra. Ambos sosteniendo con mucho cuidado a VirginBot, en el centro. Sonrieron.

Pero no, no sonreían...

(VirginBot *vibraba* como a punto de explotar de la emoción).

❧

124. Siempre queda algo, dijo la Médium. De mi trabajo, tal vez lo único que va a quedar son esas cintas secretas metidas dentro de las muñecas, los cojines, las almohadas, los colchones... Es un consuelo saber que cuando yo me vaya todo eso andará por ahí, entre la gente de barrio, entre la gente humilde, siguiendo su camino.

❧

125. *Cada vez que camino por Centro Habana todo el cuerpo me dice que bajo mis pies hay un terremoto gigantesco. Puedo sentirlo. Haití, Chile y Japón metidos allá abajo. Ya está listo. A punto de desatar su fuerza terrible. Pero no se desata. ¿Por qué? ¿Qué lo detiene? Tendría que ser una barrera muy poderosa. Y yo no creo en Dios.*

You know you love me. xoxo.

Crystabel

126. Largo rato mirando la superficie reflectante. Miré mi reflejo hasta que empezó a sangrarme la nariz. Concentración. Me acerqué más a la imagen. Hundí la cabeza en el Espejo Que Deforma & Se Puede Atravesar. De pronto, ya había pasado al otro lado.

❧

127. Filtración. Lo primero que hice en el otro lado fue buscarme. Allí. Aquel joven era yo. Aquel joven que caminaba por la calle, las mismas calles de Nuevo Vedado. Todo estaba más o menos igual. Era el presente estándar, cotidiano. Comencé a seguirme a mí mismo. Una distancia prudente entre el joven y yo. No sé por qué. Por si acaso. El joven se detuvo en un puesto de libros de uso. Se puso a hojear una vieja antología de cuentos de ciencia-ficción. No sabía escribir. Compró el libro. En ese instante le tiré la primera foto. Él siguió su camino. Entró al Acapulco. Ponían *Black Swan*, con Natalie Portman. Salió del cine sin terminar de ver la película. No era la Natalie Portman que él necesitaba en aquel momento (pero eso él no lo sabía). Le tiré otra foto. El joven subió a una guagua. Al rato la guagua enfiló por la Calzada de Jesús del Monte. El joven pensó en las imágenes que conservaba de aquella ruta, cuando era apenas un niño que no sabía leer. Jesús del Monte como una pesadilla: enormes bloques de piedra suspendidos en el aire al mejor estilo Lovecraft. Nos bajamos en Acosta. Le tiré otra foto. El joven iba reconociendo las fachadas y las esquinas. Al otro lado de la avenida empezaba el Sevillano. Tras un par de cuadras, el joven entró a un edificio y subió una escalera estrecha hasta el primer piso. Tocó un timbre. Cuando abrieron la puerta saqué otra foto. Estaba oscuro. El joven entró al apartamento. La puerta quedó entreabierta, me acerqué. Sobre una mesa había piezas de computadoras. Un hombre tenía un disco duro en la mano. Está como nuevo, dijo, si quieres lo probamos. Era un mulato barrigón y sin camisa. El joven le entregó unos billetes y se guardó el disco duro en la mochila. Tengo otros mejores, con más capacidad, si te interesa... No quiero más capacidad, dijo el joven, no quiero más memoria. Un día vas a querer, dijo el mulato, sonriendo con malicia. Saqué la última foto. Salimos a la calle. El joven se dirigió a la parada de la guagua. Mientras esperaba aproveché para imprimir en un Photoservice. En el viaje de regreso el joven iba sentado, con los ojos fijos en el piso. Por momentos bajaba la cabeza. Parecía que intentaba concentrarse en algo. Le dejé caer al lado, disimuladamente, el sobre con las fotos impresas. Al rato el joven desvió una mirada. Pensó que algún pasajero había dejado olvidado el sobre al levantarse del asiento. O mejor: no pensó nada. De pronto agarró la mochila con el disco duro y se puso de pie. No tocó las fotos. Estaba pálido. Avanzó a empujones entre la gente y llegó a las puertas de la guagua justo cuando se abrían. No era su parada. Nada más poner los pies en la calle, el joven se dobló y empezó a vomitar.

¶

128. El agente también necesita desconectar, dijo el Agente. En eso somos como cualquier trabajador cubano. En el tiempo libre muchos se van a los terrenos deportivos a sudar el cuerpo (que suele estar engordando). Otros se acuestan a mirar películas americanas de acción o telenovelas de pasión latina hasta quedarse dormidos con la baba corriéndoles por la barbilla. Y algunos se las dan de excéntricos: en Villa Marista han organizado un taller literario. No sé si entiendes lo que eso significa.

¿Qué significa?

Ahora tenemos que compartir el local de AAA, se lamentó el Agente.

§🐌

129. *Veo la puesta del sol a los pies del Morro, en la entrada de la bahía. Subrayo una frase del libro de Baudrillard que me regalaste: «Hembras hipotético-deductivas son aquellas que se inflaman al contacto con lo real y cuyas cenizas dibujan en el cielo extraños arabescos, en particular durante el crepúsculo».*

You know you love me. xoxo.

Crystabel

§🐌

130. Al poner los pies de este lado pisé un montón de cristales.

El Espejo Que Se Puede Atravesar & Romper Como La Primera Persona estaba roto. Solo quedaba el marco. Y el polvo.

§🐌

131. VirginBot quería atravesar el dolor. VirginBot quería ser Virgen Fakir.

Recogí los cristales del Espejo y los pegué de puntas para arriba sobre una alfombrita.

VirginBot escogió el sitio en una acera y allí se tendió, horizontalmente, sobre los cristales, que de todas formas no podían hincar la dureza de su pequeño cuerpo. Yo me senté a su lado con mis gafas oscuras de ver marabú, con el firme propósito de no mirar a nadie.

Al poco rato, los transeúntes empezaron a arrojarnos monedas.

Una mujer se detuvo y me preguntó:

¿Usted es ciego?

No, respondí. Ya no lo soy.

୫

132. Taller literario en Villa Marista. Pero nadie orientaba las discusiones. No había quien enseñara teorías, trucos, técnicas. Eran un grupo desjerarquizado, horizontal. Nadie sabía ni pretendía saber más que nadie sobre escritura. Se sentaban a leerse sus cositas y a opinar, así de sencillo. Aficionados Agentes Anónimos. Apagaban las luces, encendían unas linternas moribundas y se quedaban hasta muy tarde, satisfechos y cansados y con las caras sucias. Eran los Mineros.

୫

133. «Aunque el béisbol es el mismo en Cuba y en cualquier parte del mundo, no puedo negar que aún estoy adaptándome al cambio de liga. Gracias a Dios llegué a un equipo con buenas posibilidades de avanzar esta temporada». (Yuniesky Betancourt, short-stop).

134. *Jajaja. Un tipo acaba de meterse conmigo. Treinta y pico de años, cara de vicioso. Veníamos caminando en dirección contraria, él ya me tenía clavada la vista y antes de que nos cruzáramos se detuvo junto a mí y me dijo en un susurro: pero tú quién eres, preciosa... ¿Cómo responderle?*

You know you love me. xoxo.

Crystabel

ॐ

135. En horario laboral, los del taller literario se dedicaban a la minería de datos:

El *data mining* consiste en la extracción de la información que reside de manera implícita en los datos, dijo un Minero.

Y otro:

Con el *data mining* hallamos patrones que resultan útiles en algunos procesos.

Y otro:

Preparamos, sondeamos y exploramos los datos para extraer la información que se oculta en ellos.

Pero los Mineros no querían hablar del trabajo. Querían leer. Querían compartir lo escrito la noche anterior.

Queremos olvidar el *data mining*, dijeron.

ॐ

136. Yoan & Cristabel en la cama. Una noche la relación entró en una fase imprevista. Ella, insaciable, puso los ojos en blanco y empezó a soltar chorros de semen por la boca y la nariz, un semen espumoso que apestaba a carne podrida (lo primero que pensó Yoan fue que aquello *nunca* había salido de él). A continuación una voz masculina salió de su garganta como desde el fondo de una caverna. *Yoanisiiiitaaaaaaaaaa*, dijo, y escupió una risotada. Luego Cristabel empezó a retorcerse en un orgasmo infernal, con el cuello girando en ángulos imposibles. Conteniendo la náusea, Yoan logró agarrarle los brazos y esposarla a la cama (tenían esposas y toda clase de juguetes eróticos).

§♣

137. Yo escribía antes de empezar a venir aquí, dijo un Minero. Durante mucho tiempo escribí de incógnito. Nadie lo sabía, nadie me leía, y no me importaba. Pero no voy a caer en la idiotez de decir que escribía «para mí mismo». Hay que tener claras las cosas que no están claras. Al final del día nadie sabe a ciencia cierta para quién trabaja. Esto es igual. Nadie sabe tampoco para quién escribe.

§♣

138. Pero si es la niña de *El exorcista*, dijo Baby Zombi.

¿Qué hacemos?, preguntaba Yoan.

Sobre las sábanas, el cuerpo desnudo de Cristabel era un saco roto de convulsiones. Chillaba como una puerca.

Sí, el terror es un género muy femenino, dijo Baby Zombi. Lo que todavía no me explico es cómo lograste meter tu cosita dentro de esa cosa.

139. Se me ocurrió esta historia, dijo otro Minero. En los años 80 empezamos a entrenar a un astronauta para enviarlo al cosmos. Es el Proyecto PAC-Man: el Próximo Astronauta Cubano. Lo entrenamos en secreto durante, qué se yo, décadas. Porque también hay que construirle el traje y la nave espacial. Sin ayuda de nadie. Estamos internacionalmente solos. Pero al fin logramos lanzarlo al espacio. Una vez allí, nuestro hombre, el PAC-Man, se dedica a hacer lo previsto, lo que tiene ordenado. Como comprenderán, no puedo revelar lo que fue a hacer nuestro hombre en el cosmos. El relato funciona mejor así, ¿no creen? Entonces, cuando la misión concluye, resulta que el PAC-Man toma el control de la nave y se niega a regresar. Nos alarmamos. Intentamos convencerlo, pero es inútil. Le decimos que está bien, que no regrese a Cuba si no quiere, pero que es peligroso quedarse allá arriba, que por favor aterrice en cualquier otro país de la Tierra. El PAC-Man se ríe, y esa risa que viene desde el espacio exterior suena demasiado horrible. ¿Cualquier otro país?, dice, ¿creen que soy comemierda? Por supuesto, comemierda no es. Ese es el problema. Y el final también. ¿Qué les parece? Claro, no podría escribir esta historia aunque quisiera. Pero podemos hacer como que ya la escribí y la acabo de leer ante ustedes, ¿no? Agradecería cualquier sugerencia para mejorarla.

❧

140. De pronto la *gossipgirl* volvió a ser ella. Nos miró paralizada y rompió a llorar. Se daba cuenta de lo que estaba pasando.

¡Estoy poseída!, dijo con el aliento entrecortado. ¡Es un demonio! ¡Tengo un demonio metido adentro!

Yoan le puso una mano sobre la boca y le dijo:

No, no es un demonio. Es la Seguridad del Estado.

Cristabel volvió a poner los ojos en blanco y le clavó una mordida a Yoan antes de que este retirara la mano.

Qué rica estaaaaaaaás, dijo aquella voz.

❧

141. ¿El futuro?, dijeron (cogidos por sorpresa) los Mineros en el taller literario. Eso tiene que ver con la ciencia-ficción, ¿no?

❧

142. ¿Me vas a romper a mí también, como ese Espejo? ¿Te atreverás a romperme algún día?, preguntó (en tono de *femme fatale*) la VirginBot.

❧

143. Yoan decía que teníamos que hacer algo. No podíamos dejarla así.

No te hagas la exorcista que vas a terminar peor que ella, le advirtió Baby Zombi.

Dejamos a Cristabel encerrada en el cuarto un par de días. Las luces del apartamento-santuario parpadeaban. Los cuadros de Fidel se caían al suelo. Uno detrás de otro.

En los raros instantes de paz abríamos la puerta a ver qué nos esperaba. En uno de esos momentos en modo *gossipgirl*, cada vez más pálida, más flaca y ojerosa, Cristabel nos dijo que había tenido un sueño:

Vi algo mientras estaba dormida dentro del demonio. Dentro de la Seguridad del Estado, le dijo Yoan.

Vi una mujer alta, una especie de *superwoman*, dijo Cristabel. Pero de pronto estaba vestida como una virgen... Como esa Virgen de La Caridad de El Cobre... Y entonces ella se me acercó y pude verla bien... ¡Tenía tu cara, Yoan! ¡Eras tú! ¡Tú eras la Virgen de la Caridad! Ay, eso es que me voy a morir, ¿verdad?

🍃

144. Por probar, yo he probado hasta el Síndrome de Abstinencia, dijo el Agente. Es terrible. Al principio son los sudores fríos, luego viene el dolor. Y el dolor va aumentando. Sientes como si te despedazaran por dentro. La cabeza empieza a darte vueltas. Llegan el delirio y las alucinaciones. Yo tengo unos sueños muy raros. En uno de esos sueños ando de un lado para otro, husmeando y haciendo preguntas. Conectando puntos para hacer una línea. (Más o menos lo que intentas hacer tú, ¿no?). Pero la línea es borrosa. Nunca sé qué preguntas voy formulando en el sueño, pero me temo que no son las preguntas correctas. Pregunto, por ejemplo, o me parece a mí que pregunto: *¿La Revolución?* Y las personas que interrogo (entre ellas, por cierto, algunas de las mujeres más hermosas de Cuba, esas que Korda quería fotografiar antes de fotografiar al Che) me miran como si la respuesta fuera demasiado evidente, y luego responden algo que no encaja bien, o que no encaja del todo, como si mi pregunta hubiera sido cualquier otra o como si hubiera perdido consistencia en el aire y llegara a sus oídos con una combinación diferente de sonidos. Desorientado, ya no encuentro cómo seguir. Bajo mis pies se abre un abismal tablero de ajedrez que solo yo veo. Las casillas del tablero, que se extienden hasta el infinito en todas las direcciones, multiplican exponencialmente el dolor. Caigo, pero caigo dentro de mí, dentro de mi cuerpo desplomado que duele mucho, mucho, muchísimo: el abismal tablero de ajedrez es mi cuerpo extendiéndose hasta los límites intolerables del archipiélago, del país a escala molecular. Y el hambre lo ocupa todo. No hay nada fuera del hambre. Supongo que un paso más allá está la muerte. No puede haber otra cosa. Yo, probada mi voluntad de hierro, retrocedo justo antes de llegar ahí: con los colmillos goteando sangre y saliva, me lanzo sobre la primera revista yanqui que encuentro. Entonces el dolor remite, se me va despejando la cabeza... Poco a poco vuelvo a la normalidad.

❦

145. Yoan: Voy a entrar ahora mismo.
Baby Zombi: ¿Qué piensas hacer?
Yoan: No sé. Lo que haya que hacer.
Baby Zombi: ¿Estás segura?
Yoan: Estoy seguro.

❦

146. ¿Qué pasó ahí dentro?
Me paré a los pies de la cama. La miré fijamente a los ojos y vi como una sombra que parpadeó detrás de sus pupilas. Me di cuenta de dos cosas: una, que el demonio también podía sentir miedo, y dos, que en ese preciso instante tenía más miedo que yo.
¿Y entonces?

147. Yoan abrió la puerta del cuarto. Cristabel-demonio escupía obscenidades en inglés y en español.

La puerta se cerró de golpe.

Segundos después:

Cesaron los gritos y los chillidos. La cama empezó a sacudirse con violencia.

Pues a lo mejor ya está preñada, me dijo Baby Zombi. A lo mejor Yoan ya tiene dentro de ella al nuevo Mesías, a nuestro próximo Redentor... Me pregunto cómo será. Y me pregunto cómo lo va a parir. ¿Por el culo? Porque si va a un hospital a hacerse algo parecido a una cesárea, puedes estar seguro de que los matan a los dos.

Estoy hablando mierda, perdona, me dijo Baby Zombi. Es que hace mucho tiempo que no me sentía tan nervioso. Casi como si estuviera vivo otra vez, lo cual es imposible.

Un rato después:

Salieron los dos. Cristabel tenía mejor color. Se había bañado y vestido. Yoan le había prestado algunas de sus viejas prendas, pero ni siquiera llegaba a parecer una puta. Estaba demasiado consumida.

Pero aún estaba con vida.

Lo siento, fue lo único que dijo. Lo siento mucho.

Se secó las lágrimas y, frente a nosotros, se despidió para siempre de Yoan con un abrazo enternecido y un largo, largo beso de lengua.

Qué asco... Qué horror... murmuró Baby Zombi.

148. VirginBot quería practicar conmigo algún jugueteo sexual. Quería que yo le hiciera algo, que hiciera cualquier cosa con ella.

Si soy tu muñeca, dijo, *tengo que ser tu muñeca*. No puedo negarme a nada, ¿verdad?

Coloqué a VirginSexDoll en el centro de la cama, acostada. Deslicé unas cintas sedosas por debajo del colchón y por encima de su cuerpo. Halé las cintas. La até con fuerza.

Me fui.

Regresé al cabo de unos minutos. Me senté en el borde de la cama, arrimé una mesa y abrí la caja que había traído.

Fui sacando de la caja: sierra, taladro, martillo, cincel, destornillador, pinzas, soplete...

VirginBot carecía de expresiones faciales, pero fui capaz de registrar una transformación en su rostro. Una sorpresa. Una sombra que parpadeó detrás de sus pupilas pintadas.

Quedó en silencio.

Yo le dije:

Ahora.

Habla.

❧

149. Caminamos la tarde del Malecón. Poca gente/ nubarrones/ llovizna.

No, decía Yoan, aquella cosa dentro de ella, que sabemos bien qué cosa era, no tenía ningún miedo. Pero sabía que el cuerpo que ocupaba y controlaba no era suyo del todo. Podía destruirlo, claro, o podía quedarse a vivir allí dentro si lo deseaba, pero nunca iba a dejar de ser un cuerpo prestado, un cuerpo que no le pertenecía ni le iba a pertenecer, por muy dominado y sometido que estuviera.

¿Te pertenecía a ti?

En cierto modo, sí. El cuerpo de Cristabel era mío, más mío incluso que de ella misma. Su cuerpo era *el mío*.

¿Qué crees que le va a pasar ahora?

Se recuperará. Intentará olvidar lo que pasó. Todas ellas son así. Frágiles, aunque piensen lo contrario. Se creen duras, se hacen las duras, pero son lo suficientemente frágiles como para olvidarlo todo.

¿Y tú no quieres olvidar?

No, yo no voy a olvidar. Voy a recordar *cada instante*.

¿Valdrá la pena recordar tanto?

No sé.

¿La memoria es un arma defensiva?

No sé. Ojalá fuera, por lo menos, un arma. Es que a uno le entran ganas de hacer algo. Es inevitable.

¿Hacer algo? ¿Hacer qué?

O más bien *tener* algo, qué sé yo... tener alguna clase de poder, de superpoder... algo que, no más verlo, le provoque el llanto a las niñitas de la Seguridad.

¿Te refieres a las *gossipgirls*?

Me refiero a TODXS.

¿Venganza total?

Sé cómo suena lo que te acabo de decir, pero no, no se trata de venganza. Se trata de hacerles entender lo que realmente son. Sacudirles el centro.

¿Una violación simbólica y masiva?

Una violación que creo que en el fondo es *deseada*, ¿no? Tengo mis sospechas al respecto.

¿Estamos llenos de sospechas? ¿Hasta la sospecha siempre?

Mira, no quiero hablar en plural ni en nombre de nadie…

¿Por qué?

No tengo esa clase de respuestas. Y tampoco quiero tenerlas. Ahora debo concentrarme en mí mismo, mirar hacia adelante...

¿Tu cambio de sexo?

Ya lo hice. Lo estás viendo. Tuve que pasar por los estrógenos y los antidepresivos, pero lo logré. Sin ayuda de nadie. Al fin me he convertido en un hombre. Y he podido convertirme en hombre precisamente porque siempre he sido una mujer, ¿entiendes?

¿Queda algo de mujer dentro de ti?

Lo imprescindible.

¿Puede estar ahí dentro la Virgen de la Caridad del Cobre?

¿Como un tumor? Espero que no. No. Definitivamente no.

¿No es eso lo que nos diría hoy la Virgen de la Caridad del Cobre, que ella *no es* la Virgen de la Caridad del Cobre?

Míralo como quieras, pero que conste que todo ese asunto religioso me parece una gran y folclórica estupidez.

¿En Cuba queda alguna esperanza de salvación, de redención, algún camino libre de idolatrías? ¿Se viene el caos?

No me preguntes esas barbaridades a mí.

¿En qué animal te gustaría convertirte, llegado el caso?

Mmm... En zunzún. En un zunzuncito. Desde niño, desde que tengo memoria, me dicen *pájaro*. Pájaro en la escuela, pájaro en el barrio, pájaro en los juegos de pelota, en todas partes. A veces tenía ganas de desaparecer. Hoy tengo ganas de convertirme de verdad en un pajarito pequeño, como un pájaro-mosca pequeño, muy pequeño, más mosca que pájaro. Un pájaro-mosca que se posa en la basura, en la mierda, que molesta con el zumbido, que se mete por cualquier agujero...

¿Te dejarán tranquilo a partir de ahora?

🐌

150. Sobre los finales se ha escrito mucho, hay abundante teoría sobre los finales, los distintos tipos de finales, resumió el Agente. Pero déjame decirte que esto no es el final de la partida sino el comienzo, la apertura...

Ah, y ya no necesito comerme esto, he superado la adicción, dijo el Gran Maestro separando con cuidado las nalgas de la silla y mostrándome la revista sobre la que se había sentado.

La revista *Time*.

THE INVENTION ISSUE

Y, por otra parte, la apertura no es el juego de verdad, dijo el Gran Maestro. No es el juego creativo. Solo son movimientos mecánicos, cálculos viejos, líneas previamente diseñadas. La apertura es una dilación. Después, después es cuando la cosa se pone interesante. No has visto nada todavía. Ni tú ni nadie han visto nada todavía.

Cover de *Time*: un colibrí metálico batiendo las alas.

THE HUMMINGBIRD DRONE/ + WHAT STEVE JOBS COULDN'T TEACH US ABOUT INVENTING

Debes tener bien claro lo siguiente: tú no eres un jugador, dijo el Gran Maestro tirando la revista a un montón de basura.

THE NEW, NEW, NEW, NEW...

Tú no eres un jugador. Eres una de nuestras jugadas. Ya no podemos controlar todo el juego, pero podemos controlar nuestra pérdida de control, sacarle el mejor partido a esa pérdida. Tu librito, tu sátira, tu mierda, forma parte de todo eso. Nada más.

¿Estás seguro de lo que dices?

El Gran Maestro se quedó mirándome fijo. El Gran Maestro no respondió.

&.

151. A principios del año 2012 me senté a hacer una lista, como suele hacer alguna gente en año nuevo. Pero yo lo hice convencido de que eso, una larga lista numerada, era lo único que iba a poder escribir, lo más lejos que iba a poder llegar.

&.

152. A lo mejor este es (también) el secreto de las listas negras: una vez empezadas, no se les puede poner fin.

&.

153.

BONUS TRACK

Carlos A. Aguilera

JORGE ENRIQUE LAGE, LA MEMORIA PORTÁTIL[1]

[1] Entrevista publicada en *El Nuevo Herald*, el 5 de enero de 2017.

Con libros como *Vultureffect* o *La autopista: The movie*, considerados por la crítica como dos libros-diferencia dentro del espacio narrativo cubano, Jorge Enrique Lage (La Habana 1979) ha devenido uno de nuestros mejores constructores de fragmentos. Para atravesar su escritura le enviamos algunas preguntas sobre su más reciente texto, *Archivo*, editado por Hypermedia el año pasado en Madrid... Un libro sobre el secreto y el delirio que produce el secreto; sobre el «núcleo opaco» de la Seguridad.

Archivo puede leerse como una novela, un diario, una reflexión política, una *boutade*... ¿Cómo lee Jorge Enrique Lage *Archivo*?

También como una suerte de borrador. La cara B de un lado A donde había un libro que no pude o no supe o no quise escribir. Como dijo Barack Obama en su *memoir* —no portátil sino *best-seller*—, «en principio mi intención fue escribir un libro muy diferente».

Tu literatura asume lo pop como un engranaje psicodélico... En un país atravesado por testimonios y realismos malos como los de los años 70s, ¿es lo pop/lo psicodélico una estrategia antitradición? ¿Encuentras referentes en la literatura cubana que hayan avanzado por un camino parecido al tuyo?

Dentro de la literatura cubana me interesaría, por ejemplo, el camino intransitable que va desde los pósters y el *couché* electroshockeado dentro de la cabeza de Cabrera Infante, hasta las cajitas-collage y el neón de supermercado del último García Vega.

En última instancia, eso que llamas pop/psicodélico es también un modo de testimoniar cosas, una forma de narrar la realidad. Yo no lo planteo estratégicamente, como reacción a nada concreto; para mí ha funcionado más bien como una especie de catalizador, un mecanismo para desatascar tuberías en la escritura.

Según un amigo común, *Archivo* es el «primer archivo literario de la Seguridad del Estado cubana». ¿Son compatibles, para ti, la idea de paranoia y clasificación?

Todo está relacionado. La paranoia sabe mucho de dosieres, hay un delirio-dosier. *Archivo* parte un poco de ahí. Quise escribir sobre el núcleo opaco del interior del Ministerio del Interior, en plan de burla (ese núcleo, fuente de ensayos y testimonios, es una deuda en la ficción cubana contemporánea: hay que ir allí donde lo dejó Reinaldo Arenas, hay que seguir contándolo). Quise escribir sobreVilla Marista —donde pasé mi Servicio Militar— como si fuera un decorado de ciencia-ficción; sobre órganos neoplásicos de inteligencia y recontrainteligencia, sobre agentes de la Seguridad del Estado haciendo cosas increíbles por todas partes. La Seguridad del Estado cubana vela en realidad por la seguridad de un gobierno, un monolito de gobierno, y por tanto es una labor tan reñida con la entropía que siempre va a tener las narices pegadas al ridículo, a la caricatura. En *Archivo* quise estirar esa visión. Y dándole una vuelta: la verdadera Seguridad del Estado comienza cuando la Seguridad del Estado que conocemos termine. Cuando los archivos por fin se abran... no sabremos nada todavía.

Uno de los logros de *Archivo*, es que se aleja por completo de la tradición, de la estructura convencional, y se deja leer desde el simulacro. En tiempos en los que la literatura es performance, ¿tiene sentido aún la escritura del pathos y la experiencia?

Creo que sí. Lo importante son los contrasentidos que uno sea capaz de proponer.

Como te explicaba al principio, en *Archivo* hay un proyecto abortado. Otro libro que fue absorbido desde las primeras páginas como un embrión absorbe a su gemelo. Yo quería manejar dos registros, uno similar a lo que al final resultó y otro más pegado al *pathos* y a la experiencia, con un ingrediente testimonial, no-ficción. Quería hablar también de historias personales, familiares, desenterrar lo que alguna vez vi o escuché, agregar otras capas de memoria. Fue un pulso que no pude sostener en términos de sintaxis literaria (o lo que entiendo yo por eso), pero sigo pensado que la idea era de lo más buena.

Simulacro y performance no están necesariamente en el flanco opuesto a la escritura de la experiencia. Es la práctica la que tiene que resolver esas claves.

¿Qué conecta a este libro con anteriores como *Vultureffect* y *La autopista: The movie?*

Archivo fue una desconexión. Tiene la estructura de una lista, y como se lee en el libro: a las listas negras, una vez empezadas, no se les puede poner fin. Introduje imágenes y motivos que fechaban lo que estaba narrando en tiempo real, para destacar el proceso de la escritura sobre el «acabado». Tuve hasta la idea de autopublicarme, lanzarlo como pdf-panfleto a internet. No lo veía como «libro» sino como documento autista o algo así. Pero luego, para mi sorpresa, Hypermedia lo acogió y lo puso a la venta en Amazon. Me dicen que incluso hay quien lo compra.

ÍNDICE